愛的火花

君靈鈴｜葉櫻｜澤北｜汶莎 合著

Family Sky 天空數位圖書出版

目錄

君靈鈴

目錄

葉櫻

目錄

澤北

目錄

汶莎

尋回曾經的火花（上）

文：君靈鈴

雯真知道自己這段感情變質了。

博凡也知道這段感情確實是變質了。

可問題是他們兩人卻雙雙按兵不動，沒有人願意先開口給這段感情判一個生死。

他們就這樣繼續跟對方住在同一個屋簷下，看同一台電視，在同一張桌子上吃飯，坐在同一張沙發上，睡在同一張床上，只是他們都會避免去跟對方的目光接觸，當然身體也是。

曾經密不可分巴不得二十四小時都黏在一起的兩人，在這段已然超過五年的感情中，在這個同居超過三年的空間裡，他們感覺彼此慢慢變成了陌生人。

有點可笑，他們知道，有問題，他們也都很明白，可是要不要解決或怎麼解決卻沒有人願意去思考，又或者說不是不思考，是不願意面對。

要說不願意放彼此走也是，要說不甘心放棄這段五年的感情也是，要說對彼此還有感情也是，只是這份感情到底還是愛情或已經變成其他種感情或只是一種習慣他們也發現自己搞不清楚了。

因為搞不清楚，說實話其實也沒想搞清楚，兩個人就這樣耗著，還是同居著，一拖再拖拖了一年，最後還是兩人身邊共同朋友看不下去，直接在兩人面前丟了一句「你們真的要繼續這樣下去嗎？」

就這一句話讓雯真跟博凡終於在睽違許久後重新認真看著彼此，還看了很久很久。

雯真看著眼前這個男人，熟悉又陌生，開始思考自己現在對他是什麼感覺。

博凡看著眼前這個女人，陌生又熟悉，開始斟酌兩個人繼續走下去的可能。

繼續還是結束？

同一時間，兩個人心裡冒出的是同一個問題，但也同時沒有答案。

他們沒想到，愛情來時很快很猛很熱烈，但愛了這麼久之後，要結束或繼續這種問題卻讓人無比猶豫。

不過有句話說得好，猶豫就代表對彼此還有感覺，但對雯真跟博凡來說，顯然還有感覺並不足以讓他們就這樣下判斷，因為他們都知道，如果要繼續走下去，那下下一步大抵就是婚姻了。

　　這個決定要很慎重，雖然他們也覺得在這個男歡女愛已然變得隨興與任性的時代，他們兩人還這樣顯得有些古板，但是不管如何，對他們來說，這個未下的決定是他們五年感情和自己人生階段的一個交代。

尋回曾經的火花（下）

文：君靈鈴

曾經熱烈璀璨的火花，要重燃是否真不那麼容易？

朋友的一句話讓雯真與博凡終於認真審視了兩個目前的感情狀態，而在一個禮拜後的一個深夜，他們終於久違的面對面談起了這個問題。

「我沒想分開，但是我尊重妳。」博凡先開口了。

「我覺得我們其實是……忘了該怎麼談戀愛。」對於博凡的話，雯真心裡其實還挺開心的，而她也老實說出自己的想法。

認識六年相愛五年同居三年，這是他們兩人戀愛時間表，但老實說在同居第二年之後他們之間那種甜蜜的火花就逐漸熄滅了。

主要是他們兩人在這年開始都很忙，兩個在公司都很受賞識的人工作量越來越大也很正常，慢慢錯開的下班時間或累的半死的精神狀態都讓兩人無暇去顧及愛情到底已經變成什麼狀態，就想著反正還住在同一個屋子裡，那就不會有什麼問題。

結果不是沒有問題，而是問題非常大，要不他們兩人現在怎會在討論要不要分手這個話題呢？

但幸好火花是沒有了，可兩人都沒想分開，先撇開是不是在一起久了習慣了所以不想分手這個問題，他們真的覺得彼此都忽略對方太久了，忘記了當初談戀愛時的熱烈與瘋癲。

「我都忘了我們有多久沒有一起出去了。」博凡抓了抓頭。

「應該……大概一年多吧。」雯真也無法說出更確切的時間點。

「我想談戀愛對我們來說應該不難吧。」博凡說完覺得自己有點好笑。

「拜託！你不要忘記你當初追我的時候，講話有多麼噁心好嗎！」雯真忍不住吐槽。

結果，兩人相視而笑，這也是事隔很久之後這兩人因為同一件事一起露出笑容，也讓分手這件事被塵封進最深處，而他們的下一步沒有其他選擇，就是找回戀愛的感覺！

雖然他們也知道，可能這次找回之後又可能在不知道多久以後會再失去，然後可能會陷入一種奇妙的循環，但事情也可能會有完全不一樣的發展。

對目前雯真跟博凡而言，再次激起兩人之間的火花是目前最重要的事，至於未來，他們決定留到之後再一起面對，而這回兩人有共識的磨合，效果還不差，也讓他們兩個有了對未來的打算。

「你們兩個確定要結婚？」兩人的共同朋友對於喜訊半是開心半是擔心。

「嗯！」這一聲同意，出自一對情侶口中。

「那你們就千萬不要像之前那樣，知道嗎！」半威脅的語氣，是好友最直接的愛。

「不怕！」博凡一臉信心滿滿。

「對！我們不怕！」雯真也下巴一揚。

「你們兩個是怎樣？」這種回應令人傻眼。

「沒有怎樣，是我們經歷過一次，所以知道了再相愛的兩人，也會因為很多原因讓愛情漸漸淡了。」博凡說完就看著雯真。

「但是這個問題不難解決，只要不是有其他人加入，只要對彼此還有感覺，那就努力找回火花就好！」

「說得很簡單嚕，兩位。」好朋友的作用之一就是吐槽。

「但其實也不難啊！」

雯真與博凡牽著手一起回應，笑得自然又甜蜜。

不努力當然困難，努力過才能說自己不後悔，對於愛情，他們為彼此努力了，也找回了各自內心那曾為對方燃燒的火花。

靠著背，我愛你（上）

文：君靈鈴

小如在他人眼中是個很孝順很勤奮的孩子，為了家裡人能過更好的生活，學業成績很好的她毅然決然放棄了繼續就學的機會，幾乎是沒日沒夜的工作，這才得以維持家中衣食無缺。

但只有少數人才知道，小如會如此完全是因為她有一對重男輕女的父母還有一個明明已經二十幾歲卻在家啃姐的弟弟。

好累啊⋯⋯

午休時間小如獨自一人坐在公司走廊的椅子上，垂下的雙肩與無神的雙眼在在說明她的疲憊與無奈，雖然背靠著牆但她卻覺得自己無依無靠，就像在汪洋中抓不到救命繩的人般，她覺得自己已經不能算是在載浮載沉，而是快溺斃了，家中帶來的壓力讓她就快要窒息。

如果有個人可以依靠就好了，不用多為她做什麼，只要能讓她像這種時刻可以有個溫暖的背能靠一下就好了……

默默嘆了口氣，小如看了眼時間發現休息時間快到了，只能拖著疲憊身軀起身準備繼續工作，但卻在走了兩步之後被人拉住手臂，拉回她原本坐著的地方。

「小老闆？」

事情發生得太快導致小如是在坐下後才發現她面前站著的是老闆的兒子，也就是剛在國外留學回來不久的少東家。

「我問妳，妳組長是不是虐待妳？」被喊小老闆的崇翰一臉似笑非笑看著小如。

「啊？沒有啊！」小如一臉莫名其妙。

「那妳為什麼好像累到生無可戀的樣子？」在崇翰眼中，小如那疲憊的樣子跟行屍走肉沒什麼區別。

「呃……」小如本想解釋，但一想發現不能說自己晚上還有兼差，也不好對小老闆提家裡的情況，結果就只能這樣回答了。

「妳該不會晚上還有兼差吧？」崇翰一個挑眉。

「沒……沒有！真的沒有！」小如心頭一驚，知道自己死也不能承認。

公司是禁止正職人員兼差的，她不能被發現！

「是嗎？那我前天晚上在ＸＸ街的手搖飲店看到妳是我的幻覺囉？」崇翰看著小如，一臉等著說法的表情。

然而小如什麼說法也給不了，她只覺得腦袋轟的一聲，心中開始有了最壞的打算，頓時覺得有些難過。

這份工作她很喜歡，這裡的同事好相處而且老闆待人也很好，公司福利更是不用說，如果可以她並不想離開。

不過也是此刻她才知道，為什麼小老闆會突然出現在她面前，原來是因為發現她疑似違反公司規定，所以來跟她確認了。

承認還是不承認呢？

小如很掙扎，咬著唇看著眼前等答案的男人，真的不知道如何是好。

靠著背，我愛你（中）

文：君靈鈴

「妳也不用這麼緊張，我不是來揭穿妳也不是來指責妳，只是好奇為什麼妳需要兼差，莫非我爸苛刻員工薪資？還是妳有什麼其他的需求？」

在小如整個人精神緥緊之際，崇翰卻是給了她一個驚喜。

「不是的！老闆對我們大家都很好，沒有苛刻這種事！」小如馬上搖頭，就怕眼前這位當兒子的誤會了他的父親。

「所以？」崇翰一個挑眉，等著答案。

「呃……」小如實在不知道當講不當講。

「妳知道員工守則上有一條『如員工有特殊需求可至人事處填寫表格，公司會依照情節輕重給予補助』是我爸特別設立的嗎？」崇翰提到這件事就是在告訴小如，有困難可以說。

「我知道，但是……」公司不可能長期供養他們家吧？

小如苦笑，而且也認為自己家這樣的情況並不適合去申請這種補助，因為說難聽一點，她家人對金錢的需求根本就是無底洞。

「是妳家人的問題？」崇翰忽然丟了這麼一句。

「啊？」小如當場一愣。

「其實我注意妳好一陣子了，我記得自我回國到這裡實習怎麼當個老闆開始，妳每次到這裡休息都是一副很厭世的模樣，我本來還以為妳是討厭這份工作，誰知道初步了解之後發現不是這樣，後來我前天晚上看到妳兼差之後，昨天我問了小蓉，才知道原來妳是為了家人才這樣。」這是崇翰了解後得知的情況。

「是……」小如沒有否認。

「所以妳打算一直這樣下去？」崇翰看著她。

「……我有想過很多辦法，但是總覺得好像怎麼做都不對，可是我也不認為我現在這樣的狀態是對的，所以我很矛盾。」這絕對是小如的心裡話。

然而崇翰聽了她的話之後並沒有說什麼，深深看了她一眼之後在她身邊坐下，想了幾秒後沒攬住她的肩膀安慰，但卻把身體轉向另一邊。

「來吧，背借妳靠。」他說得很自然。

「這……」小如傻住了。

不過傻住沒幾秒小如就被那寬厚的感覺迷惑，嚥了口口水之後，緩緩把臉貼上了崇翰的背。

「我教妳怎麼解決如何？」感覺到她的小心翼翼，崇翰的臉上露出淡淡的笑意。

「我……沒辦法放棄他們，如果是要我放下一切離開的話，我是沒辦法的，之前小蓉就已經跟我建議過了。」雖然知情者都認為小如不需要這樣，但撇除弟弟不說，她覺得奉養父母這一點還是自己該做的，縱使知情者都說她笨她傻她不需要這樣付出。

「我既然都開口了，當然不是這種一看就能提出的建議。」崇翰一臉信心滿滿。

「所以是什麼？」小如很好奇，但也覺得自己眼皮越來越重。

靠著崇翰的背讓她覺得很安心，好像自己很久沒有這種可以依靠的感覺了，舒適的讓人想睡覺。

「過幾天妳就知道了。」崇翰賣著關子。

「喔……」不行了，小如覺得自己正沉入夢鄉。

結果，小如就這樣睡著了，而崇翰一動也不動，就任她這樣睡著，臉上的微笑更深了。

她是傻，但是卻是個好女孩，所以他想幫她。

靠著背，我愛你（下）

文：君靈鈴

幫助人有很多種方法，有時候並不是給錢就完事了，有些事若不徹底解決，那個給再多錢也只是害了對方而已。

聰明如崇翰，他自然不會不知道，在找上小如前他其實已經有了打算，只是不知道小如的反應如何，可現在他確切知道她的確需要幫忙，那麼他就不會棄之不管。

所以知道在家庭方面很懦弱的她無法改變現狀後，說要幫她的崇翰自然沒有袖手旁觀，而崇翰第一個要解決的問題就是她那不成材的弟弟。

像小如弟弟這樣成年不工作只待在家裡啃老啃東啃西的人，現代社會其實也不算少見，很多都是因為初出茅廬第一份工作就慘遭滑鐵盧而從此失去了信心，也有因為家裡本身太寵溺導致，更有其他很多種原因導致，所以如果不找出原因，崇翰知道這個問題是解決不了的。

而在小如牽線下和這位啃族小老弟稍稍聊過後，崇翰便知道問題出在哪。

基本上家裡寵兼放任是真，但最大問題點就在於這位仁兄自大又自卑的個性，換句話說就是喜歡說大話，可實際上內心很缺乏很空虛，不知道自己可以做什麼，所以用自大來偽裝自己，對外說自己太厲害所以很多工作都看不上眼，實際是根本不知道自己可以做什麼，因為大學畢業後去應徵的第一份工作就被直接打回票導致信心度降為零。

但這不難解決，至少對崇翰而言是這樣，所以在小如的驚愕目光中，他耐心的花了幾個小時說服了不願意工作的小老弟，然後又幾天後登門拜訪小如的父母。

結果發現，原來這對父母的問題更大，是讓人會不斷搖頭的那種，而且對崇翰充滿敵意，認為崇翰多管閒事，氣氛頓時有些火爆，連一旁的小如想勸都被喝斥，最後還是小如弟弟出口調解，這場會面才有辦法順利進行下去。

當然有時候問題要解決是很不順利的，不過幸好崇翰一開始就找對方法先從小如弟弟下手，所以即便再不順利最後也在幾次會面後算是解決了。

會說算是解決是因為子女與父母之間的親情是割不斷的，但不斷的親情勒索會造成子女心理很大的負擔，而崇翰解決的重點就在於此。

「謝……謝你，小老闆。」一股從未有過的輕鬆貫穿全身讓小如激動的熱淚盈眶。

雖然不知道之後情況會變得有多好，但她至少知道絕對不會比以前更差了，這讓她非常感激。

「我告訴妳，我做這些可是需要回報的，妳以為我是喜歡做白工的人嗎？」崇翰的手輕柔的撫著小如因為激動泛紅的臉蛋。

「什……什麼回報？」小如當場有點呆愣。

「我先問妳，妳覺得我怎麼樣？」崇翰指指自己。

「呃……很好啊。」小如愣了下才回應。

「那麼基本上當妳男朋友應該沒問題吧？還是妳有什麼其他建議讓我改進的？」崇翰邊說邊忍笑，因為他看見小如那如呆頭鵝的表情就覺得很可愛。

但不能怪小如呆住，因為她根本沒想到這方面，又或者是說她根本不敢想崇翰會喜歡她，原本以為崇翰只是同情自己的小如，現下完全不知道該怎麼反應。

不過崇翰可沒打算讓她呆住太久，抱住她的同時在她耳邊低語，說的不是甜到膩死人的情話，而是一句小如長久以來最想聽到的話，而她也在聽到這句話後忍不住情緒翻湧的回抱住崇翰，因為她從來沒有想過有人會對她說……

「我的背，讓妳靠一輩子。」

親愛的（上）

文：君靈鈴

交往了快八年，詩月很清楚自己跟佑聖這段感情已經走到了一個瓶頸，雙方口中互稱的那「親愛的」三個字顯然已經失去了意義。

字面上的親密跟實際的親密有何不同，他們兩人現在都很清楚，但卻沒人想先戳破這個假象，所以他們兩人還是住在一起，每天還是睡在一起，只是雖然躺在同一張床上，但中間卻好似有一條鴻溝，或者說自動劃分了楚河漢界，誰也不犯誰。

為什麼會變成這樣呢？

詩月與佑聖各自都想過這個問題，但就是沒人打算把這個問題拿到檯面上溝通，任由這樣令兩人不自在的情況一直持續。

「是說，妳還愛他嗎？」詩月的好姊妹忽然丟了這麼一句。

「我說，你對她還有感覺嗎？」無獨有偶，佑聖的好兄弟也在工作空檔問了這麼一句。

幾乎是同時間，兩個在不同地點的人同時愣住了，詩月呆呆看著好姊妹而佑聖對著好兄弟發楞，像這樣的問題以前他們可以很快速且胸有成竹的回答「當然」二字，但現在……

「我不知道……但我應該……還愛。」想了很久，詩月才給出答案。

「有，但我現在對她的感覺很複雜，說不喜歡了也不是，說還很喜歡好像也不對。」佑聖也在思考了一下後才回應。

然而詩月與佑聖這樣的回答讓發出問題的兩人不約而同說出同一句話，那就是「拜託你們不要這樣拖下去」！

是呀，人生苦短，如果這段感情不行了，那麼互相拖累確實沒有意義，但如果還可行，維持現況也不是辦法，總得有個真正的解決之道，否則一日復一日，每日兩人都在同樣喊著「親愛的」的虛偽情境中過日子，說實話真的不必！

「妳說的對……是不該再拖了。」詩月咬著唇，看著好姊妹心中下了個決定。

「也是，謝了。」佑聖嘴角一扯，扯出個勉強的笑，拍了下好兄弟的肩膀。

但說是這樣說，在真正要面對時要有多大的勇氣，詩月與佑聖真真是在回家之後才知道，而今日不約而同的，本來慣有那「親愛的，你回來了」跟「親愛的，我回來了」這兩句話，兩人忽然都說不出口了。

被人提點而瞬間破防的假象讓兩人拋開了平日那不知為何維持著的假性親密，而在這一瞬間他們赫然發現，對方看起來竟然有一點點陌生，彷彿她不再是她，而他也不再是他。

親愛的（下）

文：君靈鈴

「我們……還要繼續走下去嗎？」

各自沉默了很久，然後詩月先開口了。

說真的她很猶豫，而這股猶豫就是如她今日給好姊妹的答案一樣，她覺得自己還愛著佑聖，但又不十分確定。

「我想知道妳怎麼想的。」佑聖表情很嚴肅認真，一如當初他在問她要不要交往時一樣。

「我說真的，我……不知道。」這是詩月真心的答案。

「那我也說真的，我沒想分手，但……不知道怎麼繼續走下去。」這也是佑聖真心的答案。

「你覺得我們之間出了什麼問題？」詩月在回家前很認真想過這

個問題，但她想先聽聽佑聖是怎麼想的。

「很多情侶交往久了會出現的問題，不過我在回家的路上還想到一點。」而佑聖個人認為這一點對他們來說其實才是真正的問題所在。

「是什麼？」詩月疑惑的問。

「我們從來沒有討論過未來。」想到此點時，說實話佑聖自己也挺訝異。

按理說情侶交往到一定程度，感情也算穩定的話都會談論未來，但不知道為什麼他們兩個人卻從來不談這件事。

也不是刻意不提但就是沒提過，這件事讓佑聖覺得很神奇。

「未來啊……這是真的沒有談論過。」詩月回想著，然後給了肯定的答覆。

是啊，他們沒有談論過未來，好像就是一直這樣一日一日過下去，有點渾渾噩噩，有點不知所云，過著情侶同居會過的生活，然後就遭遇了在一起久了會遭遇的問題，那就是激情退去只剩習慣，至於愛還在不在則是需要確認。

這是一個分界點，如果問題不解決，那就是分手，如果願意解決問題，那就有可能走入幸福殿堂，就是這種一拍兩瞪眼的情況。

「我想到這個問題後就一直在想，為什麼我們兩個從來不談論未來，難道是我覺得妳不會是我未來終生伴侶或者是妳覺得我不是妳未來終生伴侶嗎？」佑聖說出自己的疑問。

「我沒有這樣認為。」詩月很老實的回答。

「我也沒有這樣認為，但我們就是沒談論過未來，好像就是在一起了，一起生活了，一直過下去了，就照這樣一直走一直走，沒有設一個目標要停下然後邁向下一個目標。」而這樣的結果就是一直走顯然是行不通的，因為漫無目的會讓人倦怠及不知所措。

「嗯，好像是這樣沒錯。」對於佑聖這番言論，詩月完全同意。

但問題來了，現在發展到這個情況，未來還需要，或者說是還應該談談嗎？

「所以我在回家前去了一個地方買了這個。」佑聖邊說邊從西裝內袋掏出一個精緻的小首飾盒。

但他沒有半跪在地上，而是直接走到詩月面前，把盒子交給她。

「跟當初一樣，我把決定權交給妳，如果這次妳也跟上次一樣覺得可以把自己交給我，那妳再把這個盒子還給我。」然後他就會求婚。

「……這算是設定了一個目標嗎？」詩月又是訝異又是覺得奇妙。

「對，既然我們都不想分手，那下一步就是結婚，而且妳並不認為妳的終生伴侶不是我，我也不認為我的終生伴侶不是妳，結婚兩個字對我們來說就是一個目標，但眼前我們還需要克服一些事，所以我覺得如果我馬上求婚真的很奇怪。」佑聖是真的這麼想。

「這倒是……」這番話讓詩月不能再同意更多了。

「所以說……親愛的。」佑聖伸手摟住詩月。

「嗯？」詩月抬頭看著佑聖，不知道為什麼總覺得今天這「親愛的」三個字特別好聽。

「讓我們為結婚努力吧！」佑聖笑著說。

「好的，親愛的。」詩月跟著也笑了。

直到這一刻他們才發現，說出口的親密其實真的並不難，但當親密就這樣被隨意說出口，就失去了真正的意義，也會讓感情逐漸失去意義。

如果說（上）

文：君靈鈴

程蘇蘇發誓自己不排斥姐弟戀，甚至也曾經很羨慕談著姐弟戀戀情的朋友，但有一點很抱歉，那就是她對相差太多歲實在接受不了。

當然她知道現在這個世代情侶之間相差再多歲都有，不過對她來說相差十幾歲的差異實在太大了，尤其是她已經逼近四字頭而對方才二字頭，這道關卡恕她實在走不過去。

如果說，她再年輕一點。

如果說，他再年長一點。

那事情就會很完美，但現在她覺得自己頭很痛，結果就落了個讓他人有機可趁的結果。

「林顏帆！你給我放手！」

留下來加班是她身為主管的必然，小鮮肉說要跟著加班她只能裝超然，可是發展成摟摟抱抱的情況絕對不是理所當然！

「蘇蘇，現在又沒有別人！」林顏帆不但沒放手還抱的更緊。

「誰准你叫我蘇蘇！要叫蘇蘇姐！」程蘇蘇拼命扒開腰上的手之餘還不忘進行教育，但說完之後才發現自己犯了大錯！

「哎呀！原來我可以不用跟其他人一樣喊妳組長喔？我果然是特別的！」有人尾巴當場翹起來了，顯然很得意自己特別的地位。

「放手，我說最後一遍。」程蘇蘇不得不使出對他最有效的方法就是冷言冷臉。

「好啦，我放就是了，不過蘇蘇，妳什麼時候要答應我啊？」林顏帆語氣中的抱怨顯示他已經等了很久。

「我記得我已經拒絕你了。」而且幾乎是一天一次，因為她眼前這個對她而言根本還是個男孩的人每天都會跟她告白。

有時單純告白有時會搞些花樣，但意圖都是一樣的，就是要她跟他交往，因為他說他已經認定自己未來另一半的名字就叫「程蘇蘇」。

「所以我才問妳什麼時候會從拒絕變成答應啊？」每天都被拒絕的林顏帆一點也沒有退縮的意思。

對他而言，認定就是認定了，不管要追多久才能追到程蘇蘇，他都不在意，而他會這樣他真的覺得是程蘇蘇的錯。

如果說，她不要長得那麼合他胃口。

如果說，她不要三不五十做些菜餚或點心來犒賞下屬。

如果說，她不要在公司跟私下有那麼大的反差萌。

那麼他可能會在她一直的拒絕下考慮移愛他人，但問題是每回他被拒絕後，就會發現她又更吸引了他一點，如此經年累月累積下來，要他喜歡上別人是不可能的。

他就是想要她，不管誰來勸都不會改變心意，就算是她本人來說也一樣。

如果說（中）

文：君靈鈴

「矢志不渝」是林顏帆目前的寫照，而「寧死不從」就是程蘇蘇現今的座右銘，這場拉鋸戰到最後會如何沒人知道，因為男女主角雙方立場都非常堅定。

但真實是這樣嗎？

當然不是，其實程蘇蘇快撐不住了，試問哪個很久沒談戀愛又年近四十的女人能抵擋的了有顏有身材又年輕且溫柔體貼的小奶狗？

如果說，他不要長得那麼好看也就算了。

如果說，他在公事上再屁孩一點也就罷了。

如果說，他不會在她稍微有一點點不舒服就馬上來噓寒問暖也就好了。

問題是！

上述林顏帆都俱備，所以程蘇蘇非常頭痛，尤其是加班隔天他在中午大家都要準備去吃午餐的時候，在辦公室大聲宣告他這輩子沒追到程蘇蘇誓不罷休，導致她的頭更痛了。

要不乾脆離職？

還是她請調分公司？

再不然她回老家幫忙賣豆花？

「媽，我辭職回家幫妳好不好？」

最後一個選項顯然得到程蘇蘇青睞。

「有什麼疑難雜症說來聽聽。」

蘇蘇媽很了解自己的女兒，像這種情況肯定有鬼。

「呃……就是……」本還猶豫要不要說，但程蘇蘇跟母親本就親密，倒也沒什麼不能說的，所以就一五一十說了。

結果，蘇蘇媽只回了兩句話，就是「男人大都晚熟甚至很晚熟，妳要想想妳可能老了他才剛熟」還有「很好跟很合適是兩件事」然後就把電話掛了。

然而通話雖然結束，但程蘇蘇的思緒卻在此時飛快轉動。

她媽媽說的沒錯，這相差十幾歲的距離，不單單只是年齡差距，在很多方面可能都會因為這年齡差而有未知的隔閡與認知不同的可能性，而且倘若她五十歲了，對方卻才三十幾歲正值美好年歲，這怎麼想也覺得不可行啊！

程蘇蘇忍不住嘁了口口水，覺得林顏帆是挺好的，但就像她媽媽說的，很好跟很適合是兩碼子事，而林顏帆對她而言顯然是前者。

「他很好但不適合她」就是程蘇蘇最後的結論，而她也暗自下定決心決定不再動搖。

不過既然下了這個決定，那就代表有些事也得跟著下決定了，所以跟林顏帆相處了這麼久也算是頗了解他的程蘇蘇沒有猶豫，明白他雖然總是笑著但對她的態度異常堅定，所以徹底斷絕接觸是最好的辦法。

搬家、換手機號碼、辭職，這都是必須做的事，尤其辭職這一塊，她得先辭但要請上頭保密，直到她離職那一天再公布。

向來也算行動派的程蘇蘇決定之後就開始整理行李，只是收著收著就有一股不知怎麼說的感覺油然而生。

感覺怎麼好像跟逃難沒兩樣？

明明，他並不是災難啊……

程蘇蘇無奈的望了下天花板好一會兒才繼續手上的動作，並在心裡說服自己，這樣是最好的，對彼此都好。

如果說（下）

文：君靈鈴

林顏帆簡直不敢相信，程蘇蘇就這樣消失在他眼前，而且他怎麼樣都找不到人！

她離職的消息，是在她人離開之後大家才知情，而原本都可以順利通話的號碼，現在卻是無法聯繫，但這還不打緊，重點是她連家都搬了！

現在是針對他嗎？

「小帆帆，你家小蘇蘇老家的豆花店在哪，你有沒有興趣知道？」

來搭話的是公司的大前輩，而這位姐姐好巧不巧正好去過程蘇蘇老家的豆花店，所以這句話無疑是給了林顏帆一盞明燈，讓迷路的他找到可以上岸的路。

但事實上是上岸嗎？

在見到蘇蘇媽之後，林顏帆並不這麼認為。

「孩子，你年紀太小了，不適合我家蘇蘇。」

「伯母，我認為年齡不能代表一切，不是年紀小就不能承擔重任。」

「這是當然，不過因為有很多現例可看卻沒有人可以準確預知未來，所以就算你再有誠意我也不會把蘇蘇的去處跟你說。」

蘇蘇媽這一席話讓林顏帆頓時不知如何回應，說實話要他發誓還是其他什麼的都行，只要能再見到程蘇蘇，要他怎麼樣都可以。

問題是蘇蘇媽的態度就是「不管做什麼都沒用」，讓林顏帆很洩氣。

雖沒有要放棄但覺得目前再待著也不是辦法，林顏帆在起身一個鞠躬之後便準備要離開，誰知他還未轉身就見到跟著站起來的蘇蘇媽身體搖晃了幾下，然後就瞬間往旁倒！

操勞過度應該是很多生意人的通病，而蘇蘇媽也不意外，因為太過疲勞而暈倒住院的她，自然也讓程蘇蘇馬上趕回來了。

然而情況卻在此時變複雜了，本來以為只是單純勞累暈倒的蘇蘇媽在檢查之後發現身體有腫瘤需要開刀，雖然是良性的但也讓程蘇蘇相當緊張。

但誰也沒料到，接下來的時間程家母女完全被一個她們口中的「孩子」保護的好好的，因為請假的林顏帆留下來完全沒閒著，交代程蘇蘇好好陪媽媽之後就攬下所有事。

林顏帆工作能力很強這點程蘇蘇是知道的，但她沒想到他連生活技能跟處理其他事務能力也很優秀，活脫脫就是一個見過很多世面且相當處變不驚的人。

是她低估他了嗎？

「對，我們都低估那小子了。」

疑問在心中卻不自覺溜出口中，程蘇蘇是在聽到母親的回話後才發現自己把疑問說出口了。

「蘇蘇，媽覺得要不妳就接受了吧。」

「啊？」

「這小子放走太可惜了。」

「媽，妳之前不是這樣說的。」

「女人是善變的。」

媽媽一臉的理所當然讓程蘇蘇很傻眼，但媽媽接下來這句「我看那小子真的很愛妳，感覺比妳爸還愛我」當場讓程蘇蘇哭笑不得。

「我可不敢跟岳父比。」在房外聽了一會兒，端著熱湯要給蘇蘇媽的林顏帆才進房，一開口就是自貶。

「不用謙虛，你岳父要是還在肯定也會這樣說。」蘇蘇媽這是直接把人當女婿了。

「媽！」程蘇蘇一臉驚愕，覺得母親這態度轉變也太讓人難以適應。

「小子，人讓你帶出去，確認好戀愛關係再回來。」沒管女兒啥反應，蘇蘇媽直接揮手趕人。

所以林顏帆恭敬不如從命，把尚在傻眼狀態的程蘇蘇拉起，直接把人拉到她房間。

「我們不能辜負岳母的好意。」

「等……等一下。」

「還要等什麼？妳對我還有什麼不滿意嗎？」

「沒……沒有。」

「那還有什麼問題？」

「沒……沒有問題。」

「那好，從此刻起妳就是我林顏帆的女友，不得上訴不得反抗，違者有岳母出面處置。」既然有金牌可以用，林顏帆怎會放過。

「呃……」程蘇蘇忽然有種自己被賣了的感覺。

不過就是一瞬間，因為下一秒她就被人抱住，一股甜甜的味道就在她心底竄起。

好吧，就這樣吧。

這就是她跟他應該有的結局，那她認了，誰叫這個讓她腦海曾經蹦出無數個「如果說」的男人，就是讓她不得不愛呢？

餓死的愛情

文：葉櫻

前陣子偶然讀到一篇介紹翻拍瑪麗王后生平的電影《凡爾賽拜金女》的文章，便記在心上，打算有一天找來看看。過了幾日，到學校圖書館還書，剛好想起這事，便興沖沖地請櫃檯的工讀生去取這部片來，她再三向我確認片名後，便到後台翻翻揀揀，不多時，我便得了光碟，興高采烈地坐在電腦前，打算好好欣賞十八世紀的貴族風光。

等待電腦開機時，我讀起封底的劇情介紹，在看見「拜金女使勁渾身解數魅惑有錢單身漢」時便驚覺不對，上網搜尋那篇文章，才發現自己竟把《凡爾賽拜金女》記成了《巴黎拜金女》，十八世紀的奢靡王后生生成了現代販賣愛情的甜心情人。可方才我還信誓旦旦地保證了三次，表明這就是我想看的片子，也不好意思再拿回去換，便就這樣看了起來。

這部輕鬆的愛情電影，講述一位以愛情交換上流生活的拜金女，誤將身為飯店侍者的男主角錯認為黃金單身漢，因而發展出的愉快喜劇。誤以為自己受到美人青睞的男主角，不惜為她放棄工作、追到異國，還為她花光所有積蓄，卻仍因貧困被拋棄。而在他走投無路時，卻意外受一位貴婦青睞，同樣踏上被包養的道路，還因此重新和女主角建立奇妙的聯繫，關係也漸漸發酵。

就像英文片名“Priceless”的暗示，既已知道「真愛無價」就是主旨，電影的結局也就不出所料：男女主角在最後當然會洗盡鉛華，勇敢選擇彼此，而這應該就是我們總喜歡偶爾來點浪漫愛情電影的原因吧——因為我們太明白，生活從來沒有那麼簡單，只要一沾染上煙火氣，愛情便不再無價，遑論保值。

都說貧賤夫妻百事哀，但真正讓人哀痛的從來不是清貧的物質生活，而是無法安放的心。充滿慾望、凡事比較、求而不得、不安現狀的飢餓心靈，才是貧困夫妻無法到頭的元凶——那樣的飢餓是對麵包的饑渴，是對現實的不滿與苦澀，又怎麼能靠虛幻的愛情填滿呢。

我們總想相信，有了真正的愛情，從此生活便能如童話一樣，只需那老派而簡單的一句：「從此過著幸福快樂的日子」，便能輕輕概括。可是愛情和麵包，也許終究不是究極單選題：沒有愛情的麵包咬起來泛著酸苦，沒了麵包卻會餓死愛情。而當愛情逐漸消瘦，又是誰還能撐著飢餓的心，留在沒有麵包的困苦裡？

愛情魔鏡

文：葉櫻

有時候覺得，戀愛的人都像〈冰雪女王〉裡的那個小男孩凱，眼裡卡著一片魔鏡碎片，因而視野受了扭曲。但鑄造魔鏡的，不是惡魔而是愛情；魔鏡放大的，也不是醜惡或不堪，而是良善與美麗。

深陷於戀愛中的我們，眼光都因新鮮感與寬容而扭曲，當我們透過魔鏡注視心愛的人，總深覺對方就是世界上最完美的人。即便親朋好友眼睛雪亮，出於憂心或愛意趕來通風報信，希望能像童話中的女孩格爾達一樣，用愛融化我們眼中的濾鏡，我們卻依然故我，低著頭努力用雪花拼出「永遠」兩個字，住在與世隔絕的冰宮中，眼裡與世界都只剩對方，也只因對方而感到歡欣。

若對方犯了錯，還沒等其他人細數他的缺點，我們就第一個跳出來為他開脫，找一百個理由，用同義詞將缺點抹成優點：笨拙是可愛，小氣是節儉，自大是自信。魔鏡倒映出的對方，是那麼美好而令人喜愛，我們直直盯著，相信那就是真實，並且樂此不疲。

然而，愛情的魔力雖然強大，畢竟也有限。一旦魔法漸漸消退，我們終於開始看見真實，而每一個新發現的缺點，又加速了魔法的衰退。當魔鏡碎片終於融化，我們好似大夢初醒，茫然地揉揉眼睛，注視著真正的對方，好想問：「你到底是誰？」

我們想問對方，他為什麼要變成這樣，為了他的改變而生氣，也因此感到不甘心。但其實，改變的從來不是他，而是我們自己。是我們的濾鏡消失了，因而曾被扭曲的現實與自己都復歸原位，那些從前視而不見、隱而不發的缺點都鋪天蓋地地飛來，我們無力招架，只能含淚看他，委屈地問：「我怎麼會愛上這樣的人？」

但愛情到此也猶有轉機，不如說，這才是愛情真正的起點。若能撐過這一關，拋棄那些不切實際的想像，謙遜地和對方磨合溝通，真實的愛情便會悄然發芽，往後的路也能順遂許多。撐不過也就只好分手——別覺得忿忿不平，深感受騙上當，在對方看來，我們還不是也走了樣，從公主變成青蛙？

最難熬的，是兩個人都碎了心，又死抓著以前那段虛假的戀情不放，可千萬別這樣過著拖著，這可是沒有好處的——破鏡不能重回，而你們只會整天大眼瞪小眼，懷疑當初的自己瞎了眼。

愛情奧客

文：葉櫻

最近偶然聽見〈你怎麼捨得我難過〉這首歌，卻不再如之前那般感同身受、同情歌手，尤其聽見副歌這四句：「最愛你的人是我／你怎麼捨得我難過／對你付出了這麼多／你卻沒有感動過」後，反而更覺可怕。雖然失戀的人有權利惆悵、憂傷，但只要一宣之於口，聽起來就有點荒唐，若是直接對求不得的那人高聲宣唱，對方鐵定會更加尷尬又傻眼，不知道該如何應對。

誠然，失戀的時候，我們會放大自己受到的折磨，強烈認為自己不被理解、被辜負。在心中自憐自艾，這是人之常情，可一旦我們將愛當成藉口，逼迫對方也必須給予自己相應的報酬，那就已經是混淆了愛的本質，而我們對那人的愛，也會瞬間成為可怖的負擔。

網路上總不乏這等案例：某方為了得到另一方的愛情，不惜傾盡所有，最終卻仍一無所獲。好一點的，只不過是黯然離去，糟糕一點的，則可能惱羞成怒，動輒暴力威脅，甚至糾纏不休，認為自己「虧了」、「受騙」，所以對方也別想好過。

然而，打從一開始，禮尚往來就不存於愛情之中。愛情並不是任務、工作或買賣，愛情的中心，從來都只是心甘情願——心甘情願付出、心甘情願愛上對方、心甘情願離去。既是自發性的追求，那我們又有甚麼資格要求對方必得回應？對方是自由的個體，當然有權拒絕，也不必因害怕傷害我們的感情而勉強接受。

我們是多麼奇怪而矛盾：當我們冷眼旁觀，就能自然說出「錢買不到愛情」，然而在陷入愛河時，又總是以交易和買賣來比擬愛情，總不由得假設，若我們已經付出許多，對方便該理所當然地感激接受，並以愛情作為回報——明明我們心底都明白，迫使他人為自己的情感負責，是一件多麼累人又討厭的負擔。

如果真得用買賣來比喻愛情，那麼，至少別把對方當作高價的物品，而把對方當成自由的賣家吧。這樣一來，我們就能給予對方更多尊重，也能讓自己少點痛苦。試想，我們會追著賣家死纏爛打、軟硬兼施、威脅利誘，直到對方非得賣貨給我們嗎？明明在現實生活中，我們會異口同聲譴責奧客，可為什麼一換到愛情場景，有人就會將其看做浪漫的犧牲，還為此沾沾自喜，並以為自己有憤怒的權力？

希望我們在情到深處，即使結果不盡人意，也還是能做個有禮貌的客人，而不是大吵大鬧、讓人退避三舍的奧客。

愛情必修課

文：葉櫻

不論甚麼時候去逛書店，總能看見填滿好幾個書櫃的愛情攻略——抓住對方心理的討論絕對不會過時，盡顯自己的魅力密技也是一大經典，必勝搭訕法、約會小技巧，乃至於經營愛情的必備守則，也都是大家充滿興趣的話題。

無論是哪種事物，我們總是熱中於開始與過程，而鮮少討論結束。也許是出於生物的本能，我們總是喜愛相聚而厭惡離散，戀慕成長而憎恨消亡，因此在暗戀、熱戀、結婚的時候，我們也不談分手。再者，在甜蜜戀愛之際提起分手，總有些觸霉頭——誰願意自己的愛情不是真愛，希望自己不停地漂流，上一秒才交換永恆的誓言，下一秒就偷偷收好行李，準備隨時離開？

然而，閉口不談並不代表不需要，而萬事恰恰都是結束與走下坡時最難。畢竟新的邂逅充滿興奮與希望，而失去心愛的人、被迫離開習慣的生活型態，只會留下純然的痛苦與憂鬱，需要好好調適，才能繼續出發。

正因好散比好聚更加困難，我認為，在學習博得喜愛的方法前，大家都該先學習如何分手——至少，先該學會理性地看待情人與分手。

愛情的確包含佔有慾，穩固的關係也允許我們合理的占有彼此，可是，那並不代表情人是我們可以隨意擺弄的物品。情人和我們之所以發生連結，都是因為愛。若愛情在某天消退，對方有離去的權利，我們卻沒有暴力相向的權力。

而分手也並非對個人的否定，更不是羞辱或懲罰，我們不需要為此感到沒面子，因而惱羞成怒，乃至報復；也不需要感到害怕，進而逃避裝死，或是死撐著互相折磨，拖遲可能迎來的終點。

愛情就像是任何其他關係，因為感情，我們偶然和他人相遇，而因為感情消褪，有時也不得不漸行漸遠，做最後的告別。失去了重要的人，必定會感到悲傷與不捨，但也不需要從此一蹶不振，甚至將彼此的未來與人生，都死吊在這段枯萎的感情上。

既已有緣相聚，便求溫柔離散。若有朝一日我必須向所愛的人告別，我希望彼此都能找到一個穩固的台階，在背對背走下樓梯之前，還能回首道一聲珍重，然後，從此惦念著彼此曾雋刻在過往中的美好，再赴下一場飄渺的約會。

愛情的保養方法

文：葉櫻

因為緩慢延燒的疫情，今年幾乎都待在屋子裡。一開始的確為此歡欣，就好像多得了一場長假，放心揮霍時間，沉浸在無所事事的快樂裡。然而，興高采烈很快便燒成煩悶的餘燼，我就像被圈養的野獸，整日煩悶踏步，無法真心享受生活；也像離水的魚，撲騰掙扎著，想衝破現實的桎梏。有一、兩個月，我就像行屍走肉，終日麻木，連思考時都感覺心不在焉，像機器人那般制式地完成任務與工作，明知不可為，卻無法控制只想追求短暫快樂的身體，投身於網路之中，又送別了一天。

當生活不再泛起漣漪，感受的能力似乎也會隨之消失。在不變的生活中，我們開始渾渾噩噩，覺得一切都理所當然，不再費心觀察美好的碎片，逐漸和外在裂解。而愛情也如是：若我們習慣了愛情，便難以上心，而若心已麻木或飄移，愛情便無以維繫，只好如煙散去。

改變和安穩同等重要。若沒有固定的儀式或刺激，能量便會逐漸消耗殆盡，直到一滴不剩，連目的、意義都消失了。偶爾的刺激，能為生命注入活力，而成為例行公事的節日或儀式，能為我們標示出季節與年齡的遞嬗，使我們知道該於何處安頓自己，並更加珍惜看似一成不變的時間與他人。

儀式並不只帶來單純的喜悅和狂歡的機會，而是一個溫柔的提醒，提醒我們，生命已經成長到甚麼階段，已經獲得什麼事物，應該在乎、感謝什麼，並帶著滿腔的熱情去愛。

因此在愛情中，也應當有些儀式或節慶才好。提到愛情中的儀式，大概立刻就會想到交往紀念日、結婚紀念日等，一聽便需要大肆慶祝、鋪張浪費的日子。然而，與其說是浪費或吹毛求疵，毋寧將之視為一種必要的保養，一如我們定期修檢汽車或房屋，能確認彼此在對方心中的重要性、感謝對方的存在、理解對方的愛並非理所當然，愛情也將更加順遂地成長——而這正是保養與儀式的目的。

一如生日賦予我們的祝福，在愛情的節日中，逐漸被日常消磨的愛意將重新被歡悅的氣氛召喚，於是兩顆心再度偎近，愛情也重獲新生，受到滋養。我們因此能夠期待，愛情會和生命一樣，在通過許多儀式後逐漸成長茁壯，有朝一日盛開來，孕育出幸福的花。

你會如何想起我

文：葉櫻

我明明不是記憶力不好的人——我能清楚記得所有交辦事項的期限與內容，也能記得讀過的文句和故事劇情，甚至是再也用不上的文字學與聲韻學術語——可是不知道為什麼，每當我想起你，一切與你有關的資訊便像霧氣一般瀰漫開來，模糊而不真切，彷彿海市蜃樓，有時我甚至無法確定，那些我深信且與你有關的瑣事，是否只是我的臆想。

當我想起你，有時總感覺我們其實是最熟悉的陌生人，連朋友都算不上，因為就連你喜歡的電影類型或是討厭的食物，我都有可能說錯。每當有人問起你，我總支支吾吾，最終只能給出極其淺薄、毫無鑑別度的資訊，根本無法判斷，我們究竟只是同班三年的同學，還是更特別的關係。她們幾乎都想掩口而笑，在笑容背後是對我們是否真的如此親密的溫柔質疑。

然而，當我想起你，的確能想起許多事物。我想起你曾經偷偷拍來一張照片，問我想要甚麼顏色的兔子筆；也想起你告訴我心理學課本上，有哪些有趣的事情。我也沒忘記那些幼稚而傷心的事：我記得我們曾經好幾天都忍住不和對方講話，等著某一方先低頭，卻都立刻秒讀秒回，對彼此說愛。那些傷早已褪成淡淡的疤，當我想起，並不會抵銷那些美好的回憶，而只是警醒，在我又想鬧脾氣的時候，學習等待與成熟，做一個能提供安慰和聆聽的人。

當我想起你，我還想起那些漫談，以及我們用空想和時間，逐漸堆積出的文字世界。我喜歡寫字，尤其喜歡寫給你，因為文字是人的情思，每一次的交心，便都彷彿是將一小片自己剝落下來，寄放在對方那裏，得到滋養和成長。也因為文字是綿延不絕的魔法，那些餘下未完結的話題，會成為明天的開頭，就像一千零一夜，永遠溫婉地纏綿、蔓延，將感情織成一段華美的紀錄。

當我想起你，雖無法描摹出一個真切的你，但那些你曾交予我的點滴文字，共同分享過的心緒，以及我們那些不足為外人道的遊戲，種種記憶都蒸成柔軟輕盈的幸福，讓我想起你時總帶著微笑，無法不想你，看見稍有相關的東西便想到你，像是被制約的狗兒，光是如此就能感到歡欣。

而我願你也如此想起我。若你在想到我時，也能同樣感到快樂，那或許也就足夠了。

說話的必要

文：葉櫻

有人說，維繫愛情的必需品是金錢，有人則認為是時間，還有人說是責任。

但我想，愛情最重要的條件，應該是說話。我們甚至可以說，話語是愛之具象，當兩人交談，從中生出的都是羈絆與親密，就像珊瑚，在長久的日子裡，緩緩堆出一株璀璨的珊瑚樹，昭示著愛情的燦爛。而若兩人已經無話可說、惡言相向、敷衍了事，將對方推出自己的生活，那無異於愛之死亡。

然而，可別以為說話是一件簡單的事。要說好一句話本就已經不簡單，更別提對喜愛的人說話——若非因為太過濃烈的愛情，支支吾吾、說不出話，就是太習慣信任對方的愛，在氣頭上總不小心用尖銳的話語，戳進彼此最脆弱的地方。

一旦在乎起對方，我們便好似退化成幼兒，進退失據，連該怎樣開口都幾乎忘記。一瞬間，我們幾乎像是在面對陌生的外國人，因為找不到正確的單字或文法，急得冷汗涔涔，卻仍啞著。

在追求的階段，好好聊天瞬間成了最高深莫測的技藝。每一條訊息的空檔，都塞滿了躊躇與無法停下的思慮：繼續追問會不會太侵犯私人領域，惹他厭煩？如果不接話，會否令他以為我毫不關心，無法共苦，只想同甘？要多久發一次訊息、一次回覆幾條訊息，才是既能表示親近，又不會太咄咄逼人的頻率？要開啟怎樣的話題，才能讓他足夠感興趣，能夠偷來他的時間與關注，讓他與我一樣守著手機，一同逃離現實，在幻夢之上獨處？

每一次的問答，都像是遊戲裡的選擇題，好像踏錯一步，就會直接進入壞結局。為了走到完美結局，我們是多麼小心翼翼，在追求的時候戒慎恐懼，時刻等待著對方的回應，但又有多少人，在確定關係後頓時關上耳朵和嘴巴，就連應聲都發懶，彷彿話語只是無聊的噪音，根本不用費心。

其實，說話恰是愛情最豐富的養料。雖不需要每天花上好幾個小時絮絮叨叨，鉅細靡遺地報告所有瑣事，但一小段單純屬於彼此、能分享興趣或煩惱的時間，以及始終渴望聆聽的溫柔，卻非常重要。因為說話就是抒發感情的最佳方法，藉著發聲，我們確認彼此的心意、愛情，將兩人綁在一塊兒，交融彼此的生命。

所以，繼續練習說話吧。只要每天都能和彼此說說話，享受和對方說話，那麼我想，那段感情就不會有問題了。

愛情理財法

文：葉櫻

有人說，雖然是伴侶，但也應該將財產劃分清楚。畢竟一旦牽扯到利益，就連最親密的至親，也有可能立刻翻臉不認人。最理想的狀況是，夫妻雖分別管理各自的財產，卻共同開設一個戶頭，負擔家用開銷。如此一來，兩人既能保有一定的自由，也能分擔責任與義務，不過分緊密，將日子過成一本理不清的糊塗帳，在心中計較、抱怨不迭，卻也不會過份疏離，事事苛扣，精打細算到將愛意消磨殆盡。

然而，除了真實的戶頭，每個人也應該在心中開立一個感情戶頭，將愛情作為本金存進去，對方主動的付出是收入，要求、吵架自然是支出了。開立戶頭後，最要緊的便是定期檢視財務狀況，確認這段感情是否健康——藉著抽離與量化，我們或許就更能消去愛情的盲目濾鏡，冷靜判斷自己真實的處境，檢查自己的愛情是否早已破產，還是已成了一筆能互相成就的鉅款。

詳細紀錄愛情帳目的另一個好處，就是能提醒自己，該記得對方的付出是愛的餽贈，而非理所當然。習慣雖能帶來安穩，卻也帶來安心和麻木——有多少次，我們就像被寵壞的孩子，將對方的照顧視為理所應當，甚至連一聲感謝都不再提起，甚至恃寵而驕，不允許對方收回那份深思熟慮的愛意？

在因為任性，將愛情提領乾淨之前，回頭檢視愛情存摺，便能重新喚起我們的感激之情，進而鞭策自己，以同等貼心回報對方，將在乎與珍惜匯入對方的戶頭，創造出為彼此奉獻的正向循環，愛情便不會輕易破產。

兩人也應該時常對帳，分析彼此的支出與收入，確認是否已達到彼此都認可的收支平衡，或是只有某一方存入，另一方則不停揮霍。藉由溝通，我們便也更加明白哪種舉動被對方視為收入，又是哪些讓對方必須支付愛情。爬梳收支紀錄的同時，我們也能再次重溫那些美好的記憶，再次被提醒需要改正的行為，由此降低愛情破產的風險，兩人也更容易走得長遠。

可別覺得用錢比擬愛情，是俗氣且傷感情的事。若我們願意花費許多心力，經營、檢查金錢，更應該以這種認真經營戀愛，才不會錯把壓榨當成考驗，讓負債的愛將自己吸乾；才會明白投資愛情並不難，量入為出、共同負擔，就能滾出金燦燦的未來。

浪漫鑑賞家

文：葉櫻

前幾天，在網路上看見一個女生發文，抱怨男友的求婚驚喜既不浪漫又十分寒酸。雖然她當場收下了戒指，卻在回家後要求他補辦一場「如電影般浪漫風光」的求婚。沒想到男友卻認為她無理取鬧，兩人便鬧了起來，婚約也頓時無限期推遲了。

瀏覽底下的留言，有人也跟著責怪男主角，說他明明財力不足，卻還敢妄圖婚姻；有人認為女主角不懂體諒，充滿比較心態又愛面子。滑著留言，不免又想到許多人總抱怨伴侶不夠浪漫，彷彿一根木頭，激不起一點感動的漣漪。

結合這兩件事來看，也許問題的核心並不是伴侶的行為，而是我們缺乏在日常中發現浪漫的能力，以及對愛和浪漫的想像太過單一。

在愛情電影和戲劇作品中，看見許多浮誇的浪漫橋段——蠟燭排成的大愛心、玫瑰花瓣雨、夜空的絢爛煙火——所有追求手段都華麗無比，讓女主角相信自己被深深愛著，並流下感動的眼淚，首肯男主角擁有自己。看久了，我們對浪漫的想像是否也逐漸僵化，最終甚至形成反射，說起浪漫就想到玫瑰，說到告白就想到氣球或燈海，將具體的「招式」等同於浪漫、愛情及在乎，失去了自己發現、製造浪漫的能力。

我們明明清楚，影視作品必定含有誇張與虛幻的元素，可回過頭來，為什麼卻又要求對方如法炮製，甚至將其作為愛情的試驗，以此評斷對方是否真的在乎自己呢？身為最親密的伴侶，我們該是最清楚對方個性與財力的人——也許，對方就是有後顧之憂，無法大手大腳地花錢；也許，對方就是不喜歡那種濃情蜜意的台詞，或是引人注目的取悅。也有覺得當眾被求婚像被強迫、丟臉的女孩，因此，不論是實行者或是接受者，只要有一方無法共享對浪漫的想像，驚喜就會變成驚嚇，甚至開啟後續的齟齬。

比起要求不間斷的華美浪漫，不如培養在生活中發現愛與浪漫的慧眼——我們難道能說，徹夜照顧生病的對方、早起為對方做飯、特地出門載對方回家、記得對方的喜惡，都算不上浪漫？

電影常在盛大的浪漫中結束，但生活卻是長久的堆疊。我們不能將愛當成任性的藉口，一味要求對方扮演電影中的完美王子或公主，而該在日常與沉默中，鑑賞出對方獨特的浪漫，活出電影中的甜蜜，將其無限延長，為每一日增添砂糖般的喜悅。

若愛終將腐朽

文：葉櫻

有人說，愛情裡最令人神傷的事情，是明明在對方面前，卻無法訴諸愛意；有人則說，愛情裡最令人神傷的事情，是明明兩情相悅，卻終究無法在一起。然而我卻時常覺得，愛情最使人哀嘆的一點，是注定腐朽，無法保鮮。

求而不得，意味著未曾開始，雖然無法得到實際的美好，卻也增添了幾分想像空間與淒美，往後回首，這份遺憾或且會成為一縷白月光，輕柔地映照不圓滿的記憶，將悲劇渲染成氤氳的美夢。然而，戀情一旦開始，我們便必須看著感情與自己隨時日改變，看著甜蜜逐漸傾頹成麻木，看著悸動漸漸歸於寧靜，卻無計可施，只能默默地旁觀著，一如我們看著新生的嫩芽長成嬌豔的花，卻無論如何都留不住最好的花期，徒然升起悲傷與不甘。

時間是一把雙面刃，賜予我們積累的羈絆與情感，卻又殘忍地讓一切凋零。即便再怎麼不願意，愛情仍像我們的生命一般，隨著時間老朽、轉化，乃至於從指縫滑落。而我們無法回頭，也不能回頭，只能心驚膽顫地不停向前奔去，不確定結局會在何時、以何種形式到來，也無法確定未來會經歷多少波折，自己又會與這段感情，又會變得如何——是會形同陌路，像是同住卻無話的室友，會相看兩厭，見面三句不離爭吵，還是會習慣彼此的陪伴，只是偶爾夜深時，懷念天真傻氣，輕易滿足且時間充裕的彼此？

正因我們無法任性地止步，將愛情凝固在它最甜蜜的時刻，才總是希求永恆，在架空的電影、文學與神話傳說中，描摹永久愛意的樣貌，以虛幻的夢境安慰自己，雖則我們都知道，我們天生也不喜歡長久無變化的生活。

我們無法阻止愛情受時間腐蝕，漸漸變質，但至少，我們可以盡全力保養愛情，一如我們保養身體。就算只能身不由己地被時間往前推去，終將迎來腐朽與別離，我也祈禱自己能常保初心，記得感謝與感動，而不要恃寵而驕、麻木不仁。我希望自己能接受外在條件與年齡的變化，接受感情比例成分的變換，用心沉浸在每一日都新鮮的愛裡。

這樣一來，即使有一天，我們的相處模式和愛的本質終將轉變，在想起過往和未來的時候，我便不會再感到空虛與悲哀，而能無奈卻肯定地微笑，知道即使我們與愛都已不再光鮮，但愛仍存在，永恆地存在。

君生我已老

文：澤北

胡桃木框的化妝鏡中映照出了女子的模樣，灰黑之間參雜著銀白的頭髮、暗沈的眼袋與疲憊的眼皮以及昏黃削瘦的臉頰，鏡中呈現的每個角度都告訴著女子自己的狀態欠佳。

化妝水傾瀉在臉頰上，雙手一遍又一遍地試圖撫平臉上的歲月痕跡，直到皮膚完全吸收為止，雙手未停歇過片刻。

粉餅一點點地拍上臉龐，由額頭到兩頰，再向下掩蓋到脖子，女子所挑選的色號與她本身的膚色相似，而她也並非一昧的添厚來蓋住時間的輪廓，僅僅是為了讓膚色一致。

眉筆、眼線筆開始在眼睛四周來回，女子想到的是那小他不只一輪的男孩，在公司膽怯地自我介紹然後向自己搭訕的呆樣。

桃色的眼影蓋上了眼皮，鏡中的神色逐漸開始出現變化，想到的是男孩總是說女子便是他一生最大的桃花。

最後是藕色的唇蜜，今天的妝容最大的亮點就是桃色的眼影，那是她臉上唯一的色彩，換上一身碎花小洋裝後便出門而去。

宴會中，女子看著螢幕上的男女主角甜蜜的笑容，心中不禁泛起些許感觸。

合照中出現的咖啡廳，她們曾在那談心到深夜。

各種音樂劇的打卡，她們都曾探討過劇情跟演員。

男主角端出來的料理，是她糾正過無數次的成果。

看到這，女子將目光放在了餐桌上放置的紅酒，那是她頗為中意的酒種，也是她們無數次換盞的飲料。

隨著影片結束，伴娘挽著伴郎的手陸續進場，那三名伴郎進場時都不約而同地將目光擺向了女子所在的桌次，隨著伴郎進場完畢，女子眼神之間開始混濁了起來。

正門打開，一席岩灰色英式西裝配上淡粉色的領結，新郎臉色沈重地走進了會場，眾人看到他的表情哄然大笑，這是新郎天生的神色，只要不笑就會讓人覺得這人目前處在怒火沖天的狀態。

看著新郎的領結，女子終於露出了點點笑意，那男孩依然是男孩，只是女人已成為了老嫗。

女子想起了男孩當初笨拙的搭訕、冒雨的接送、為她抱不平的憤慨、滑稽的笑話、擋酒的酒膽以及不善言辭的告白。

原以為埋藏在心底的過去，卻在看到粉色領結的瞬間被翻了出來，那是她唯一送過男孩的禮物，一份離別的禮物。

不知何時，女子已離開了會場，站在飯店的門口撐著傘，又想起了十二年前，二十六歲的男孩不顧眾人眼光在尾牙上向剛滿四十的自己告白的男孩，女子將傘壓低了些，坐上了計程車離開了男孩與自己的過往。

「若得生同時，誓擬與君好。」——《我生君未生》

我生君已生

文：澤北

她是熟女，不折不扣的熟女。

當時的她年近四十，言行舉止不見二十出頭的青澀、三十餘歲的老練，一舉一動都附帶返璞歸真的氣息。

筆直的炭黑色長髮、桃紅色眼影、修飾唇色的唇釉、靜謐的茉莉香氛，還有那輕微落肩的碎花洋裝，她的妝容和諧不張揚，當你將目光投注到她身上時，卻會被她從瞳孔中散發出的睿智眼神所吸引著。

我對她的第一印象，就被這對瞳孔所佔據著，直到很久很久以後，我才注意到她的長髮、她的眼影還有她舉手投足間散發出的氣質。

每次的見面，我總是刻意鬧出一些幼稚的笑話，雖然她的眼神從不曾投注在我的身上哪怕一秒，但我卻更加幼稚地將笑話鬧得更浮誇，只為看到她不經意的一抹微笑，連帶著的是臉龐上不願用化妝品遮掩的細紋，那是她的驕傲更是她的魅力。

又一次地見到了她，頭髮依舊是筆直，但卻挾帶了些許蒼白藏在其中，我的目光一如往常地看向了她的雙眸，刻在我腦海中的眼神卻已不再，取代的是徬徨與逞強，近二十年的歲月差距使我想像不出她經歷了什麼，竟能將如此堅強的她從擊潰。

一次。

兩次。

五次。

九次。

第十二次，直到第十二次的見面，我才在她的眼神中找回一點從前的神采，我打從心底為她感到高興，即使她眼神中仍不時透露出迷惘的氣息，但我知道，她開始振作了起來。

於是那天我終於開口向她搭訕，那是我們互相點頭知道彼此之後的第十三個月，在她經歷了一些故事之後我才鼓起勇氣與她真正的認識。

成熟與智慧的她，深深地吸引了我，跨越了年齡與身份的差距，我不曾感到困惑或是遲疑過，儘管她一次次地向我表示了我們之間的窒礙，當時的我想，幼稚可以跨越一切，即便是她的睿智也不足以遏止這股愛意。

相處了許久，我們一起創造了許多故事，她一點點地看著我成熟茁壯，曾以爲不是障礙的卻變成了窒礙，今天的她坐在了席位上，臉上帶了些妝，與我記憶中相仿，遺憾的是身旁的人不再是我。

她是熟女，不折不扣的熟女，舉手投足從容不迫，言行舉止充滿歲月洗鍊，經歷過比我豐富的人生，見識過比我精彩的世界，出生之後橫跨了幾千個日夜才與我發生交集的熟女，我很喜歡，很難忘，也不願意去忘的熟女。

「山無陵，江水爲竭。冬雷震震，夏雨雪。天地合，乃敢與君絕。」—上邪

自難忘

文：澤北

「如果我走了，你會為我守寡嗎？」汽車行駛到半途，副駕座上的男子語出驚人地向駕駛問道。

開車到一半聽到這種摸不著頭緒的話，女駕駛猛踩油門，瞬間塑造出電影情在中的貼背感，女子透過後照鏡看向身旁的丈夫，一對眼睛炯炯有神，肌膚晶瑩剔透，連女生看了都嫉妒的膚色，烏黑的長髮充滿光澤，女子看了感到些許自滿，這樣的男人是我的丈夫，但嘴上卻是說道「才不會，絕對馬上把遺產領完就找下一個！」。

「什麼年代了啊！還守寡！老娘多的是人追好嗎！」女子一邊展現過人的駕車技術，一邊對著身旁的男子開啟連珠炮，埋怨著他的不思進取，甘願當個家庭主夫過日子。

「能擺脫你多好啊！我可以找新的金主，長期飯票，兩個小孩也都有更好的照顧！」男子聽到此話不禁傻笑起來，與身邊女子結褵多年，他可是把兩個小孩照顧的無微不至，他知道這身邊的髮妻總是刀子嘴豆腐心。

每當車子停進了車位，男子先是將後座的小孩抱進房，接著是分類採購的食材，一一清洗後收納歸位，接著是一連串的家事操作，包含晚餐的烹煮跟餐桌的擺盤一應俱全。

四菜一湯，標準的台灣晚餐，不敢說是色香味俱全，但全都是男子愛妻所愛的口味。

門鈴聲響起，煮完晚餐便在沙發上小睡的男子起身，正當到了玄關準備開門時，卻注意到了玄關的穿衣鏡上的自己，眼角多了些摺皺紋，髮色蒼白了些，身形略微發福，看到這樣的自己男子笑了笑搖了搖頭。

門一打開，迎面而來的少女對著男子獻上了大力地擁抱，「爸，我好想你。」男子笑了笑，拍拍了這永遠長不大的少女肩膀表示欣慰，並向後頭的女婿點了點頭示意。

兒子也帶著媳婦回了家，這間房子近十年來，每年的這一天都會齊聚一堂，男人帶著她的家人們一起在餐桌前美美地用了晚餐，天倫之樂這四個字用在他身上卻像是又少了些東西。

男子坐在書房的躺椅上愜意地休息著，其餘人在廚房一起洗著碗盤，只有兒子默默地坐在了父親的身邊，「爸，十年了，我跟妹妹討論過了，你沒有想過……」

話未說完，躺椅上的男子已先睜開了雙目，睜著眼睛看著她的兒子，片刻後，眼神仍是軟了下來，伸手拿起書桌上的相框遞給了兒子。

照片中的女子坐臥在病床上，面容略帶憔悴，倚靠在身旁年輕的男子身上，「這是你媽媽，我的妻子。」男子音量平淡卻帶著不容質疑的威勢，「如果我找了別的女人，你媽媽肯定不會放過我的。」兒子聽完笑了笑便抱上了眼前這位毫無血緣關係的父親。

男子拍一如之前輕拍女兒的肩膀一樣拍了拍兒子的背，心中暗道「我也不會放過我自己的。」。

「十年生死兩茫茫，不思量，自難忘。」——《蘇軾》

正梳妝

文：澤北

風，栩栩瀰漫在房間之中，鵝黃色的油漆牆面與淡木質調的香氣相輔相成，慵懶的氣息充斥在空間內。

「以後沒有你幫我梳頭，應該是最大的遺憾吧。」化妝鏡中的女子閉著眼睛享受著身後丈夫的服務，男子小心翼翼地梳開疏於保養的躁髮，時不時地替愛妻按摩太陽穴跟頭皮，對妻子的話置若罔聞。

敲門聲在這時響了起來，護理師推著輪椅進到了房間內，男子輕而易舉地將妻子抱起，正準備將妻子安放在輪椅上頭時，「我怕……」女子在男子耳邊顫抖著說出這兩個字，直到此刻，職場女強人的身份不再，男子懷中的只是個身患絕症的普通人罷了。

男子的手指緊抓著自己的妻子，他捨棄了輪椅，將妻子以公主抱的姿態走出病房，「椰漿飯、辣炒魷魚、金沙中卷、涼拌青木瓜還有大蒜燉雞湯都準備好材料了，等妳康復我就會親自下廚餵飽妳。」女子聽完沒有多說什麼，幾層樓的距離就流下了許多無聲的淚。

外頭的陰雨陣陣，會場中一片純白的佈置，純白的座椅，純白的桌巾，純白的一切張顯著純粹的感情。

男子眼神堅定地望著床上的妻子，為她梳起了最後一次的頭髮，梳子一次次地劃過秀髮，他想起了夫妻之間的承諾。

提著化妝箱，裡頭是他妻子最喜歡的所有化妝品，先是拿起了化妝水化妝棉，輕輕拍打著額頭到鼻頭、雙頰到人中再到下巴跟脖子，接著是帶有些遮瑕的蜜粉，輕輕地將臉上的斑點掩蓋掉。

拿起了眼線，男人想到了妻子的兒子，年紀輕輕就有超於常人的成熟，在這段日子來代替自己照顧妹妹。

上下眼影畫完，這是妻子最愛的深紫色，低調中又帶著張狂，小女兒的個性跟他一模一樣，倔強與幼稚簡直是為她們母女倆誕生的形容詞，相處多年仍不願喊男子一聲爸爸就是實例。

到了二次底妝，幾滴眼淚滴在了女子臉頰上，男子手上的動作不曾停下，將鼻子及眉骨上緣稍作打亮，接著輕輕拍起了淡色的腮紅在兩頰，被淚滴弄濕的雙頰有些難上妝，男子依舊不停地修補。

唇筆勾勒出唇形，唇彩跟唇蜜豐滿了純色後，妻子的妝容就完成了，看著躺在床上的妻子，與記憶中初次見面的模樣逐漸吻合，男子輕輕地俯身將額頭靠在了她的額頭上，像是承諾，也像是在道別。

陽光終於穿破雲層，從窗戶照射進了後堂，男子摟著亡妻留下的一對兒女，瞻仰著妻子最後的一面，男子在心中向女子道別「每年妳離開的日子，四菜一湯我都會準備好，房子裡的一切我都會整理好，妳的兒子女兒我也會好好地照顧，妳不會擔心的對吧？因為是我來照顧的啊！」。

「夜來幽夢忽還鄉，小軒窗，正梳妝。」—蘇軾

不痛

文：澤北

靜謐的公園旁，夜幕低垂的夜晚，休旅車內坐著一男一女，兩人在後座上各懷鬼胎地交談著。

「你確定？我弄下去可不是叫個兩下就能跟路人解釋的，旁邊的人會以為我們……」話音未落，「少廢話，進來就對了！」

聽到這句話，女子隨即露出得逞的眼神，抽出了長袋中的針，細長的銀針。

輕輕地吹了口氣在男子耳邊，左手再輕揉著男子的耳朵，雙眼逐漸凝神，只見女子稍作瞄準後便將長針扎進了男子耳中的穴位，伴隨著長針的深入，女子意料中的掙扎並未出現，男子一臉平靜地躺坐在椅上。

「真美。」女子不知道的是，她專注施針的神情，就連扎進長針前那輕輕瞇眼的舉動都被男子用雙眼完全記錄了下來。

接著第二根、三根、四根，一邊耳朵就扎進了四根的長針，據女子所說這是能夠幫助睡眠放鬆的灸法，比起一般針灸的刺激較為強烈，許多人會疼到受不了而掙扎，讓施針者難以繼續下針。

當欽佩的眼神投注在男子身上時，男子用了一慣傲嬌的態度回應，「早跟你說過了，我不怕痛，最痛的我都經歷過了，這些都不算什麼。」女子哼哼回應著男子不置可否，「我知道你不怕痛，但我不想要你承受啊。」隨即捧起了對方的雙頰，輕輕將額頭靠近眼前這愛逞強的幼稚男額頭上。

「誰知道你是不是對每個人都這樣啊，這邊是這麼隱秘的空間耶，萬一別人對你亂來怎麼辦？」

額頭都還沒靠上，眼前這口無遮攔的傢伙就開始大放厥辭，翻臉比翻書還快的天性在女子身上迸發，原先輕柔靠近的親暱舉動瞬間加速，重擊在男子頭上，突如其來的衝擊加上耳中的長針受到晃動，終於讓不怕痛的男子露出了痛楚的神情。

「我可不是每個男人都會給他機會獨處，還幫他刮痧跟用針的好嗎！這都要耗我的氣欸！」帶著怒氣的嬌嗔，漲紅的臉龐讓短髮的女子增添了幾分嫵媚，一時之間讓男子意亂情迷底吻了下去。

「幹！」頭才抬到一半，女子便瞬間將一針抽出，男子終於忍受不住罵出語助詞來。

一邊收針，女子一邊對著男子說道「記得啊，下個月生日留給我，到時候才有甜頭吃！」

摀著耳朵，男子移位到駕駛座，趕在午夜之前將女子送回了家。

時間來到一個月後，男子坐在餐廳上輕輕切著排餐，侍酒師推薦的紅酒剩下一半，手機放在桌上亮著，響起的是女子上週的留言。

「我們的約取消吧。」1:03 am

不願

文：澤北

電影院中，一男一女坐在影廳正中央的位置上，女子雙手挽著男子的左手，拜新式影廳雙人座椅的福，身子有一半是癱在男子左側的，男子恐怕連電影名稱都忘得一乾二淨。

「小橘，你今天很心不在焉欸！」男子身著亮橘色厚外套，那鮮豔的橘色堪比水果攤上的柑橘，猶有過之。

男子先是抗議了這外號「我不是小橘。」該死的公司制服外套，那麼亮幹嘛？

「我在想，如果跟電影角色一樣，都不能隨便說話，一說話就會有事發生，那……」「那你很慘，你整天胡說八道的，一定惹出一堆事！」

早已體會到小橘胡言亂語到渾然天成的女子，馬上給出了最為客觀也是最真實的解答。

「我沒有胡說八道，我只是都實話實說而已。」

「那小橘你最近說的最像胡說八道的實話是什麼？」

「我不是小橘。」女子露出了竊笑「這就是胡說八道啊，你現在就是一顆小橘。」

「那，應該就是我喜歡妳吧。」突如其來的告白佐以專注的眼神，這是美國隊長傳授的告白絕技，從未失敗過，應該是說，美國隊長從未失敗過。

翻了翻白眼，女子回應「你看你，又在胡說八道！」隨即牽著男子的手快步走出了商場。

外頭的天氣偏冷，但還不到無法忍受，小橘將女子強擁入懷，深深地抱著她，女子的雙手自然地環在對方的脖子上，兩人沈浸在只有彼此的空間中過了許久。

大概十秒，女子便拍拍了厚實的背部，示意今日的額度用完了，但男子依舊沒有鬆手的念頭，「我們談過的，我們還不到那一步。」

「我知道，但你剛剛看電影摸我臉頰跟脖子的時候很舒服。」被戳破糗事的女子大力拍擊橘色的背「閉嘴！我看電影就會不自覺這樣！」

兩人就這樣又打又鬧，時而緊擁，時而各自走，一公里的路程走了整整一個多小時，才將女子送到家門口。

「生日想去哪？」下巴靠在橘色肩頭的女子問著，像是迫不及待地要幫男子慶生一樣。

小橘心中期待，嘴上仍是嘴硬地說「我沒過過生日，你想帶我去哪就去哪吧。」

「那就……不跟你出去吧，這樣最好了對吧？」女子笑了笑「把時間給我空下來，一整天的，請兩天假的那種！」

一整晚，男子的笑都沒有從臉上卸下來過，在聽到這句話之後，男子的笑恐怕會持續整個月了。

一連持續了好幾天，男子的笑都沒有消失在臉上過，直到一週後突如其來的一則訊息，男子的笑容就此消失。

女子的存在，也消失殆盡。

時間持續在走，女子消失後，漸漸地，男子開始感受到了痛楚，而隨著女子消失得越久，男子對痛覺也越來越敏感，直到生日那天，這才發現混身痛苦無從發洩，即便是獨自用餐，也不願展現出任何神情出來。

「或許不是不會痛，而是不願在其他人面前展露出來。」

不見

文：澤北

「還不開心嗎？」

「不開心什麼？」

「我。」

突如其來的訊息，激起了男子心中好不容易平息的漣漪，男子邊工作邊思索著該做何反應。

「小橘，不要不開心，好嗎？」

手速飛快，看見這對話後，男子在手機上迅速回傳了過去。

「沒有不開心。」「我沒有立場不開心。」

突然其來的關心，讓男子有些不適應，思緒不自覺回到了獨自享用大餐的那天。

「生日，去哪？」時隔幾週，突然又出現訊息打亂了男子今天的行程，他思索著，到底是何意？

胸推結束，男子終於回傳了「什麼意思？」說取消的是她，消失的也是她，現在出現的又是她。

戴起耳機，想起消失前的對話，連一句的解釋都沒有，只有一句取消吧，就沒有然後了。

「我也沒有吃她豆腐阿，也沒有惹她生氣，約會沒有遲到，也沒有點到她不吃的香菜阿。」檢討自己的所作所為，是男子多年來的習慣，改變自己迎合對象，是深入骨子裡的詛咒。

這次對方傳的訊息間隔比較短，僅僅過了七個小時便收到了回應

「我最近忙著參加研討會，抱歉忽略了你。」

「你生日有安排了嗎？」

沉默了片刻，男子還是打算說謊「有。」

「如果是女生的話，那就不用聯絡了吧。」女子這般回應，回應那兩週前仍親暱稱呼小橘的男子。

「這什麼跟什麼阿？」這女的是不是搞錯了什麼？是她說還太快不願意交往的，現在是什麼情況？我已經有女朋友了然後我不知道嗎？

「我沒有不喜歡你，但我覺得你不是那麼喜歡我分享工作上的事情，也都注意到我對你的付出。」

「我也一直跟你說，如果你不喜歡不想聽你都可以直接跟我說，這本來就是每個人的自由，我不會強迫你跟我買任何的產品。」

走出了健身房，幾則扎眼的訊息在手機螢幕上亮著，男子心情複雜，對方拐彎抹腳地，終究是扯到了她的工作上頭。

雖說早在認識之時，就明白了對方業務性質的工作，接觸到人群的機會比自己想像中的多上一百倍，但男子仍相信與對方是彼此付出在相處，但顯然事實與想像存在著許多的差異。

「晚安，請問有訂位嗎？」服務生熱情地為男子打開了餐廳大門，在確認訂位資訊後便將男子帶到了位置上。

菜單跟酒單都沒有翻閱，男子直接向服務生進行了點餐，「羊排，然後幫我上一支跟它搭配的紅酒，謝謝。」

服務生點了點頭，「請問另外一位的酒杯要先上嗎？」

男子搖了搖頭，「不會有人來了，謝謝。」

服務生敬業地點了點頭便轉身離開，男子才點開手機中的訊息翻閱。

「事出必有因，沒有人會無緣無故這樣，如果這些付出你都看不到，那我真的不知該說什麼。」

看完，男子仍舊是一頭霧水，親口承諾的約定沒來由地被取消，卻要被指責看不到對方的付出？

放下手機，收拾了下腦中的思緒，雖說很久沒有慶生，但男子還是想替自己營造些儀式感，可惜的是掩蓋不住臉上的失落。

上正餐之前，男子忍不住地滑起了社群，畫面卻停在女子的頁面上，直到上餐時，服務生才打斷了男子略顯呆滯的舉動，男子的眼神轉為自在，直到用餐結束，踏出餐廳的步伐也輕鬆了許多，這不像是頓慶生，到像是下樓吃個飯似的。

「每次替人貼耳穴跟刮痧總是有滿滿的成就感呢。」3小時前

江兮

文：澤北

落葉順著溪水緩緩從上游流到下游，一身亮黑毛髮的駿馬低頭啜飲著溪水，一旁的樹下依偎著對男女午寐著，微風吹過了，細雨滴下了，野兔野鹿經過了，直到太陽落下，這對男女都不曾引起他們注意過。

咸陽大火後，男女騎著烏騅遊歷了長江與黃河多次，動輒消失數月，將天下大事拋諸腦後，盡情享受著平凡人才有的悠哉。

「黃河的壯麗，長江的洶湧，我都見識過了，但在我心中，還是這種無數分支過後的小溪最讓我感到歸屬。」說此話的男子，手握天下過半兵力，手下亡魂無數，要是給敵人聽到這番話，恐怕是笑掉了大牙。

懷中的女子睜開了雙眼，新癒合的疤痕在臉上形成一道到肉丘，

「因為混亂，不是你追求的，你追求的是和平。」

「或許吧，但命運不會放過我的。」

女子笑了笑，「身為大楚巫祝，我就是來幫助你跳脫命運的。」

「不。」男子起身將女子抱起，仔細一看女子下身空蕩，只剩下了雙手猶在。

「你就是我的命運。」將女子在身前纏好，招來了烏騅馬，「該回去面對我們的劫數了。」

兩年前，項羽將大權交由親信龍且統籌，本想著修生養息段時間陪伴虞姬養傷，殊不知秦亡後諸侯仍抱不軌，屢次挑釁楚軍，不久前項羽才親自領軍擊潰五國諸侯聯軍，更是俘虜了漢王劉邦的家室，其中包含那讓他第一次明白女人智慧的呂稚，若是不計較虞姬在這次戰役中失去了雙腿，楚軍可謂大獲全勝。

「哎，當初要是丟下我這拖油瓶，不顧一切繼續追擊劉邦，現在哪還那麼多事。」虞姬一邊自嘲，一邊緊摟著項羽的身軀。

項羽一手握著韁繩，另一手扶著虞姬的身軀，「少來了，五國聯軍根本是你在暗地操作，我們每次離開都會出事，為的就是讓他們以為我傷重未癒，楚軍群龍無首，他們趁機進軍。」

虞姬雙手環上了項羽的脖子，「有我在，上蒼會庇佑你的。」雖說自己是楚國巫祝身世，世世代代要為楚國付出一切，但當得知身前的男子為了救自己一命，放棄一統天下的機會，虞姬第一次對處在有項羽的世界感到開心。

烏騅走進了一個小村，裡頭只有少量軍士駐紮，人人帶傷，但見到項羽的時候，行的軍禮仍是充滿軍魂。

「看，這些魯城兵，很有用吧！」虞姬仰頭，這些在他當年招攬下投奔項羽的人，幾年下來都成了百煉精兵。

「少來，別說得好像他們都是因為我而來的，這些訓練多年，分明是妳將巫祝家兵全數投入到我麾下，少灌我迷湯。」項羽小聲地戳破了虞姬的謊言。

「你居然還擁有智慧？！」虞姬故作驚訝，而後被項羽拿矛柄敲了腦袋，「現如今，我的軍師夫人，有何想法呢？」

「昨日我卜了一相，退往江東是唯一生路。」

「江東啊，正好，英布念在舊情應會接應我們。」

忽地，一陣亂箭射進了小村，是大量的信箭。

無一人受傷，也沒有任何人撿起地上的信。

只有項羽隨手拾起一封，看完後和虞姬陷入了沈默，虞姬臉上失去了從容，轉向項羽的懷中，雙手抱得更緊，輕微的顫抖著。

「勒索我的人，是要付出代價的。」

「交出楚國巫祝，可活。」漢九江王—英布

秦兮情兮

文：澤北

「人呢？」山野間，一身輕裝的男子輕聲向眼前的山谷發問著。

身後樹上下來了幾道身影，向著男子抱拳跪下回報「報，已被送進咸陽，據查為……」

「沛軍吧，只有『她』才會對我施這樣的計謀，沛公應該不清楚。」男子隨手解開了頭上的髮髻，長髮隨著山風炸開，在幾名部下的眼中，是眼前男子的怒火壓抑不住所引發的天象。

「命英布領兵，三日之內拿下函谷關，若讓沛軍先攻入咸陽，孤便摘了他的腦袋。」傳令兵得令後便退了下去，男子一人站在山丘上望向咸陽的方向，

「虞姬，忍著，我來了。」

同一天，咸陽城中的宮殿中，數百隻的燭火也照不亮的大殿之中，虞姬被囚車困在宮殿之中第三天，抓她來的人不曾解釋過一句話便將她擱置在這。

「不錯，沛公的獻禮不錯。」子嬰的聲音在虞姬面前響起，子嬰身著玄龍袍，腰上掛著長劍，在囚車周邊走著，眼神中充滿藐視一切的自大。

虞姬淡淡地說「蒼生會替我討一個公道。」

子嬰大笑，「蒼生？公道？朕先祖統一六國，種種功績族繁不及備載，各國餘孽蠱惑那些愚昧蒼生反我大秦，現如今天下再次混亂不堪，這叫公道？」

揮劍斬開了囚車，子嬰將虞姬拉出摔在了地上，「遲來的公道，只是虛妄，既然你期待那些虛妄，那朕便讓你看看現實吧。」宮門大開，身後的士兵手持各種刑具魚貫而入。

七天七夜，阿房宮內遭受各種酷刑的虞姬，不曾喊過一聲。

「綁我的人，是要付出代價的」這是子嬰聽到的最後一句話，他眼中所見到的最後一幕除了項羽的刀，還有在項羽身後破城而入四處縱火的楚軍。

烏騅在的前蹄在漫天的火光中破開了阿房宮，子嬰的腦袋掛在馬鞍旁，瞪大的雙眼透露出的信息，項羽的雙手抱著遍體鱗傷的虞姬消失從火光之中竄出。

「你來了。」虞姬緩緩醒來後開口，說出了醞釀已久的那句話。

一雙滿是傷痕的雙手輕柔地幫臥榻上的女子輕輕上藥「實在抱

歉，我來晚了。」項羽人生第一次對人致歉，虞姬趴在床上，肉體與精神上的折磨讓她的意識時好時壞，但在她被捕到獲救的這段期間，不曾顯露過一絲慌張，因為她明白他的霸王會來拯救她。

「若我是那天命之子，你便是我的……」

「省省吧！」虞姬打斷了項羽的話，「正宮是不會有好下場的，我只想你答應我一件事。」

虞姬轉過了頭，對視著當世凶名最盛之人的眼「到哪，都不要把我丟下，刀山火海，我都想跟你一起走過。」

「跟妳相處越久，越不懂妳腦子裝些什麼，自願被捕、被轉賣到秦國都在妳的計畫之中，要不是我死命打進來，妳早就死了。」

虞姬的臉上纏滿了繃帶，看不出表情，只聽見她帶著啞音的輕笑

「我不這樣做，你又怎會直攻咸陽，還在那關外跟劉邦大眼瞪小眼。」

敷好了藥，項羽輕輕躺在虞姬身旁「天下人恐怕都以為我是個莽夫，成天跟劉邦爭天下，但在遇見妳之後，我只想著妳，不愛江山，愛美人。」

「可惜，你的江東子弟不會逼你放棄楚國大業，我只好以身作則。」

「是以身作餌吧。」

「既然妳想追隨我，我也不能虧待妳。」項羽起身，向營外走去，「碰了我的人，代價很高的。」

「項羽入咸陽，盡誅秦國宗室，屠咸陽城，火燒阿房宮三月不止。」

虞兮

文：澤北

時至近午，人群手持各種花卉、符籙等祭祀物品，聚集在城西內外，等待的同時口中不停唸禱，士兵持著長戈維護著秩序，軍官站在城牆上神色凝重地等著。

城外緩慢出現了旗幟，印入眼簾的是大批軍隊緩步前來，軍隊的正前方除了旗手以外，是兩具華貴的棺槨座落在八匹駿馬拉著的馬車上。

自那靈車出現在魯城視野後，所有的士兵及百姓皆不自覺地跪了下來，涕淚縱橫，待馬車在城門前停下，原本站立的郡守頓時克制不住地跪下痛哭，他嘶喊的話語撕裂了這魯城百姓最後一道信念。

「恭迎魯公回城！」「恭迎夫人！」「恭迎魯公回城！」「恭迎夫人！」

稱呼從項王，變成了魯公，魯城的人民們頓時明白了郡守的決定，接受了棺槨之中躺著的是那人，心中無聲地哭喊了起來。

五年前，項羽受封魯地，封號魯公，初進魯城時，城牆破敗不堪，城門更是只有半片，經歷秦末的馬匪、瘟疫、大旱，民不聊生已不足以形容，百姓不是不想逃離這片土地，是連逃的力氣都沒了，易子而食的情形也早已結束，只因無柴火可烹煮。

項羽軍隊早早就到城中傳令，發布告示新的魯公將要整頓魯縣，誓將魯城內外重新翻修，蕩平周邊賊匪之類的豪語云云，但直到太陽西下，百姓也未看到任何人進城。

項羽只在城外荒地築起了鹿柴，就地扎營，城中百姓得知此情形只當對方是來這過水，休息補充糧草之後便會離開。

只有一人，一名女子，獨自走出了半片城門像不遠處的軍營走去。

「賤妾請將軍助魯城人一把，將來必有所報。」

「要我的人，是要付出代價的。」項羽看著眼前跪下的女人，放下了手中的地圖。

仔細端倪了下眼前的女人，再開口說道「魯城破敗，周邊賊寇數不勝數，連年大旱不產任何糧草，城中瘟疫肆虐又皆為老弱殘軀不具可成軍，我又有何必要去整頓？」

「將軍重武而輕文，魯城乃孔子舊居，修魯城可得世家支持；旱季已過，只缺人力疏理田野，部分士卒可協助播種，部分隨將軍於周邊蕩寇，可得民心；城中青壯不得已才落草為寇，若有田耕作、家中父母又得將軍所助，又何愁沒有青壯耕作、修築城牆呢？」

「亂世，最重要的，除了錢財，還有人才。」

項羽對眼前的女子稍作側目，這的確是他的打算，但不是現在，令他意外的是眼前的女子居然能揣摩出他的想法，這是除了呂稚以外，第二個聰明的女人。

「一名女子，隻身入我大營，這份勇氣可嘉，可惜本將軍最不愛被下指導棋。」

「那就當作代價吧。」

項羽挑了眉毛，「什麼代價？」

「請將軍助魯城人一把，作為代價，賤妾願入將軍麾下，為將軍獻策，逐鹿中原。」

大笑聲在營中傳出。

「妳叫什麼名字。」

「舊楚國巫祝。」

「虞姬。」

假面之下

文：汶莎

自從我和那個人的秘戀被發現後，
我們就此分隔兩地，
自此之後的生活，
我戴著符合期待的面具，
面對一切。

父母的安排，
我只敢怒不敢言，
他們想要我和誰交往，
我就便和誰交往。

每位與我交往的人，
皆因受不了我的冷漠，
而主動離去。

父母的苦口婆心，
到最後都成為了謾罵，
各種情緒勒索，
各種酸言酸語，
各種揶揄嘲諷。

原不想往心裡去，
到最後都走心了，
心情一天比一天低落，
情緒一天比一天鬱悶。

最終，
我受不到這種壓力的荼毒，
我離開了。

我頭也不回地，
坐上車，
駛離住家。
一路上我想著當初與那個人的美好回憶，
在眼眶中打轉的淚水，
隨著風緩緩落下。
我知道，
要不是我的懦弱，
我們也不會被迫分開。
我知道，
要不是我的膽怯，
我們也不會被人欺凌。

我知道，
要不是我的順從，
你也不會遭受到傷害。

我好想你，
我好想摘下這個面具，
唯有和你在一起時，
才能真正的做自己。

鈴響的聲音將我將我從回憶裡，
硬生生的拔出，
我望向在漆黑夜裡，
閃著發亮的手機，
無奈的嘆了口氣。

因為我知道自己是無法逃離這個牢籠，
因為我知道自己是無法掙脫這個枷鎖，
只要我還是這個家族的長子，
只要我還是這個家族的繼承人，
我永遠就只能受人擺布。

當鈴聲斷掉後再又度響起，
反覆數次後，
我將車停下，
戴上那令人生惡的面具，
接下電話。

想當然爾，
少不了尖銳刺耳的叫罵聲，

以及那令人窒息的情勒言語。
我默默的將車駛回宅邸，
撐起那令自己生厭的笑容，
面對眼前的一切。
突然一陣緊急的剎車聲阻止了我前進的步伐，
我回頭一望，
車窗內再熟悉不過的身影，
讓我怔在原地，
淚水不禁流了下來。
你大聲的對著我說：
『走！』
我猶豫了，

我躊躇了，
我的雙腳像似沾上了強力膠，
動彈不得。

我望著你，
又看向在門口面無表情的母親，
我不曉得該去還是留。

見我遲遲邁不出腳步，
你又大聲嚷道：
『我愛你！』

一句直達我心中的告白，
讓我泣不成聲，
瓦解了我臉上的面具，

我再也按捺不住內心的嚮往，
徑直向你奔去。

不顧後方的吶喊，
不顧家族的使命，
不顧父母的教悔。

我做出了反抗，
為了我的幸福，
為了我們的未來。

在你面前，
我不再戴著面具生活，
因為：
你就是我原本的真容。

燦爛又絢麗的愛

文：汶莎

自小就在鄉下生活，
嚮往著都市的美好。

終於在大學畢業後，
我便收拾行囊，
前往台北。

人們都說台北這個大都市，
『海納百川，有容乃大。』
在這的確什麼都有，
讓沒過世面的我，
大為驚奇。

在大學教授的介紹下，
我進入了學長開設的公司工作，

學長人很溫柔，
讓我這個初入都市叢林的小白兔，
多了份安全感。

帶我工作的前輩看起來不是很好相處，
板著臉不說話的樣子，
像是個兇神惡煞，
交待事情不苟言笑，
閒話家常也不搭話。

學長說他只是孤癖了些，
但他對於工作可是一把罩。

我半信半疑地觀察著，
漸漸發現了他的可愛之處。

像是⋯⋯
趁我不在位子的時候，
把我做不完的工作偷偷拿去做。
或是⋯⋯
當同事在分食物的時候，
他會幫我留一份。
不然⋯⋯
當我犯錯的時候，
他總會第一個跳出來維護。
正如學長所說，
他是個很值得信任的人。

元宵節在忙碌之中
悄悄到來。

看著堆積如山的工作，
嘆息著無法前往燈會。

前輩似乎看穿了我的心思，
默默的留了下來，
陪我加班。

我說：
『其實你可以先回家的。』

你說：
『我很閒。』

我說：
『你不帶女友去看燈會嗎？』
你說：
『我沒有女友。』
當我想再回應時，
你隨即落下一句話。
『等你工作做完，我們一起去看燈會。』
突如其來的邀約，
讓我有些詫異，
沒有想過前輩會邀請我，
印象中的他應該是屬於宅男型，

如此的積極主動，
讓我好奇地不加思索答應。

工作結束後，
我們收拾收拾東西，
便前往燈會會場。

看著各式花燈，
美麗的讓人忘卻現實，
心情頓時豁然開朗。

開心地四處觀看，
渾然不知有個鏡頭正追逐著我的身影，
直到我不經意的轉頭時才發現。

在我驚訝的同時，
前輩也放下了他的手機，
緩緩的走向我。

我顯得有些不知所措，
轉移注意力的問道：
『拍：拍的如何呀？有沒有把我拍的好看？』
前輩將手機上的照片遞給了我，
看著照片裡自己自然的身影和表情，
沒想到自己還有這樣的一面。

『你很漂亮，怎麼拍都好看。』
突地聽到前輩這麼說，
我瞬間面紅耳赤，

不敢抬頭看向他。

他緩緩從我手上取回手機，

轉身離去。

我摀著嫣紅的臉頰，

有些氣惱的咕噥著：

『這⋯⋯算什麼啦⋯⋯』

燈會過後，

感覺⋯⋯

我們倆之間的關係，

似乎默默地燃起亮麗的火花。

嗨！你好！

文：汶莎

擦肩而過的短短瞬間，
身體彷彿觸電一般，
不約而同轉過身互看了眼對方。

眼神交流，
傳來莫名的熟悉感，
明明相互不認識，
卻又有種既視感。

短暫的交會，
留下了無限的猜疑。

在完成每日既定事項，
放鬆地躺在床上，
細數著綿羊跳躍欄柵的情景，

墜入夢鄉。

在夢裡，
清亮的歌聲吸引著我，
尋聲前進。

熟悉的身影是今早的你，
你似乎也感受到我的存在，
停下歌聲轉頭看向我。

你咤異的眼神，
訴說著我心中的不思議，
正打算開口說些什麼時，
大作的鈴響硬生生地將我喚醒。

正當還沉浸在這奇妙夢境而失神的我，
在第二次鈴響時招回了魂，
指針滴答滴答地提醒著我，
上班快要遲到了。

我迅速紮起馬尾，
簡單化了個淡妝，
抄起放在桌上的公事包，
開始與時間賽跑。

與昨日相同，
在那往公車站的階梯口，
我們又遇上了。

這次的我們不自覺地停下腳步，

瞪大雙眼，
像似知道那晚的夢中相遇，
但誰也不願先開口提起。

一通電話，
打斷了我倆的凝視，
你接起電話後，
再看了我最後一眼，
便扭頭離去。

我看著你離去的背影，
懷著難以言喻的心情，
繼續向我的日常前行。
如同昨日睡下，

歌聲又再度引領我至你的面前，
這次你率先開口向我問道。
「我們見過面？對吧？」
我點了點頭，
你似乎鬆了口氣。
「昨天……我們有在階梯上相遇……你記得嗎？」
「記得！我當時停下腳步，想跟你說夢中的事……」
「我也是！難道我們有著相同的夢？」
既奇幻又不可思議，
讓我們分不清是夢還是現實，
為確定此事，
我們相約夢醒後如果再次見面，

必相互打招呼確認。

不知是上天的捉弄，
亦或是命運的安排。

自從做了這約定後，
現實中，
我們時常錯過彼此。
夢境中，
我們未曾見到彼此。
似乎成了真正的陌生人。

於是，
上班的路程中，

找尋你的身影成了我的日常。
在一次一次的失落中，
相見的期望愈是渺小。
但習慣的養成，
卻讓我在一次的不經意中尋到了你。

坐上公車的我，
習慣坐在靠窗的位子，
習慣望著窗外欣賞美景。

擦身而過的公車，
遙望車窗，
四目相對的是，
那滿溢的雀躍心情。

我趕緊按下下車鈴，
在下個站牌下車。
不知你是否與我有同樣的想法，
我只知道我們不能再錯過。
我往回奔去，
直至耗盡力氣，
低喘著的同時，
如牛的氣聲近在耳畔。
抬頭相視，
被彼此的狼狽樣逗笑。
靠近⋯⋯

再靠近⋯⋯

誰先開口已不重要，
笑聲已然說明一切。

「嗨！你好！」

在不期而遇下，那看不透的未來

文：汶莎

我們不對盤，
這是我見到你的第一印象。
我討厭你那虛偽的笑容，
像是嘲笑著為生活而忙碌的我。
我討厭你那自以為是的關心，
像是諷刺著為工作而努力的我。
我討厭你那能言善道的交際手腕，
像是自大地俯視這世界的一切。
你的言行舉止都令人感到不舒服，
我不想與你接觸，
更不想引起你的注意。

我盡可能的低調再低調，
做事不出色，
裝扮不出挑，
說話不阿諛。

盡可能的將自已塑造成一個，
普通，
不起眼，
不重要的小角色。

但：
該來的還是會來。
在一次的尾牙宴上，
我幸運的抽中了頭獎，

但不幸的頒獎人是你。
因中獎的喜悅讓我可以暫時忍受你的虛偽，
於是我努力撐上交際用的笑臉，
從你的手上接過獎項。
『尾牙結束後，我在樓下等你。』
一句突如其來的耳畔低語，
嚇得我立即摀著耳朵倒退三步。
一臉震驚地望著眼前的你，
而你卻露出那令人嫌惡的燦笑，
仍在臺上授獎的我，
要不是顧及場面，
早就想一拳揮過去。

我有些惱怒的快步領獎下臺，
耳畔的低語在腦海中揮之不去，
勾起我臉上的暈紅。

『去你的！』

這是我最後的倔強。

眼看尾牙即將結束，
為在離開時不被你逮到，
我扛著禮物，
使出尿遁之術，
迅速離開會場。

天不從人願，

結果還是被你在電梯口給堵到。
面對你的質問，
我支唔不知所云，
你一把抓起我的右手，
徑直的往電梯裡走去。
你說你很早就注意到我了，
因為你對我有種熟悉感。
我心裡直犯嘀咕，
原來⋯
我以為自己很低調，
卻殊不知自己仍是他聚光燈下的女主角。

我輕嘆了口氣，
淡淡說道『○○中學』，
你聽到我突然說出母校的名字，
臉上浮現一抹驚訝，
我再說道『下午三點，樹下見。』

關鍵字讓你回想起過往，
讓你知道我身上的那股熟悉感，
其實是來自你的初戀女友。

你臉上的複雜情緒，
我讀不懂，
我只知道你抓住我的手，
不禁加緊了力道，

痛的我將你用力推開。

你難以置信，
向我訴說著分手後你有多難過，
看著你熠熠發亮的雙眼，
我知道你對這份感情的執著，
讓我感到有些害怕。

而你似乎沒察覺到我的心情，
自顧自的說著自己這些年來的遭遇，
看著你說話的神情，
才真正的感受到，
你身為人的溫暖。

此時的你，

如此的真誠純粹，
彷彿回到了過去。
我以為時間改變了你，
讓你穿上社會的大衣，
但在我面前，
你還是當初的你，
閃耀的讓人又愛又恨。

或許，
這次的相遇，
是上天帶給我的考驗，
亦或是⋯
那看不透的未來。

愛的火苗

文：汶莎

我永遠忘不了這一天，
被恐懼佔領的這一天。

四肢發軟、腦袋一片空白，
面對眼前的大火，
束手無策。

被濃煙嗆的不停咳嗽，
本能的往出口處奔跑，
灼燙的火焰逼得我寸步難行。

悶熱到喘不過氣的空間，
讓呼吸道失去功能，
缺氧的窒息感模糊了我的視線，
漸漸剝奪我的行動力，

正當我的腳步漸緩，
四肢無力的趴在地上時，
人生的跑馬燈在腦海中轉了幾圈，
「啊：我的人生難道就這樣結束了？」
正當我這麼想的同時，
身體突然被一股力量拽走，
這時傳來一個沉穩的聲音說道：
「你還好嗎？裡面還有其他人嗎？」
我直覺的強撐起意識回答道：
「我：我不知道：咳咳咳」
話畢，我陷入了昏迷。
等我醒來後，

已是在救護車上，
慶幸著自己被救下的同時，
也默默地四處張望，
尋找著剛剛的消防員。

而全副武裝的消防員，
見不著真容，
這讓我有些失落。

只能憑藉直覺，
找尋著。

不知為何，
我竟對於此事如此執著，
或許只是想跟他道聲謝，

又或許是受吊橋效應的影響，
亦或是著迷於他的英雄特質。
種種原因讓我始終忘不了他。
隨著時間慢慢的撫平傷痛，
我也漸漸淡忘那位消防員，
我想，
我只是他生命中的一個過客。
救人無數的他，
怎又可能會記得我呢？
我只是微不足道的存在罷了……
正當我在這麼想的同時，

突然感到一陣寒風襲來，
我打了個哆嗦，
下意識開啟暖氣。

在溫暖的氣氛下，
腦子漸漸變得遲鈍，
眼皮也愈來愈沉重。

不知什麼時候我漸漸睡去，
在夢裡，
我終於見到了那位消防員，
仍然全副武裝，
呆站在那看著我。

他緩緩的脫掉面罩，

我才發現，
原來你剛毅的眉眼間，
透露著生命的光彩。
清澈的眼眸像是要望穿人心般，
讓人感到酥麻。
你神情有些慌張的朝著我快步走來，
手上還拎著一個水桶，
在我還搞不清發什麼事情，
一股濕涼把我從夢中喚醒。
我驚甫未定的用手擦去臉上的冰水，
看著眼前的人，
夢中的你竟活生生的站在我的眼前，

我愣在原地一時語塞，
不知該說什麼才好。

「小姐：怎麼又是你？」
咦！他記得我？

在我還在驚訝與困惑徘徊時，
你又說道：
「你延長線接這麼多，你又離得這麼近，是想自殺嗎？」

我順著他手指的方向看去，
已是一團焦黑的延長線，
讓我瞬間意識到自己的大意，
我隨即站起身向你道歉⋮
也不停的道謝著。

你無奈的看著我，
摸了摸我的頭。
「下次要注意！」
正當你轉身要離去時，
我伸手抓住你的衣角。
「那⋯那個⋯可以要個聯絡方式嗎？」
為了不再失去這段緣份，
我鼓起勇氣，
低著頭不敢看你詫異的臉。
而我緊抓不放的衣角，
像似我的堅持，

迫於無奈下，
我們加了LINE。
「希望這個開始並不算太壞。」
我在心中默默的期望著，
「希望這個開始能有個未來。」
我在心中默默的幻想著。
愛的火苗漸漸從我倆的心中，
點燃。

這樣你還愛我嗎？

文：汶莎

這是交往第 382 天的日子，
我們吵架了，
僅是為了晚餐要吃什麼而大吵了起來。

吵得大聲，
吵得歇斯底里，
吵得不可開交。

在情緒發洩完後，
我抑住失聲的淚水，
奪門而出。

許是不想尷尬面對，
許是不想向你示弱。

在寒夜冷風的吹拂下，
臉上的熱淚漸漸風乾，
腦漲的情緒徐徐平緩。

回想起剛剛的爭吵，
因為我的一句「隨便」你便開始失去耐性，
說話變得大聲，
而我也不甘示弱，
也吼起嗓子想將你壓下。

殊不知卻激起你爭強好勝之心，
與我開始翻起舊帳；
「你每次都說『隨便』，結果我提的每一個你都不要！」
「每次叫你拿了東西要物歸原位，你都不聽！」

「我跟朋友出去只是忘記跟你報備，你就奪命連環 call！」
這一番話讓我腦羞成怒，
不服輸的也跟著翻起舊帳；
「每次上完廁所要你掀馬桶蓋，你都忘記！」
「每次要你幫忙做家事，你都說『好』，結果屁股還是黏在沙發上！」
「叫你不要動我的東西，你偏要動，害我都找不到！」
舊帳愈翻愈多，
在身心俱疲之下，
我選擇逃離戰場。
經過獨處的冷靜，
反思自己的行為，

原本氣憤填膺的心情，
頓時感到羞愧難當。

他說的對，
明明內心已有了標準答案，還要故意裝做順從的樣子。
知道自己懶，總是無法物歸原位，東西拿到哪就放到哪。
自己不安全感作祟，無法相信他，所以才狂撥電話確認對方的行蹤。

歉意油然而生，
與內心的憤怒相互爭鬥，
互不相讓。

或許是面子問題，
總拉不下臉先向他道歉。

亦或是不覺得自己有問題，
是對方太過小題大作。

各種藉口和理由充斥在腦海中，
我深深地嘆了口氣，
坐在公園的椅子上開始發呆，
一邊想著不知對方是怎麼想的⋯

在家的男人，
仰天看著天花板，
回想著剛剛發生的一切，
檢討著自己是不是不該如此沒耐性的同時，
也想著這些隱藏在心裡許久的問題也該提出來解決。

經過這次的爭吵，

才發現原來倆人之間並無如表面所看見的那般風平浪靜，
與此同時，
擔心、生氣、害怕，各種情緒在腦海裡閃過。
『或許不該讓她一個人跑出門？』
『管他的！反正她也跑不遠……』
『可是萬一出事了該怎麼辦？』
終究男人還是抑止不住擔憂的心情，
拿起鑰匙便出門尋找她的下落，
對他而言，誰對誰錯已不重要，
最重要的是她是否還願意陪在自己身邊，
直到永遠。

放電

文：汶莎

所謂『來電』或許真是有這一回事。

寒冷的冬天，
讓我不禁想再挑選一些禦寒衣物，
便頂著徹骨寒風外出購物，
在男裝部細選挑著的同時，
你緩緩走過，
想招呼著我，
而我卻下意識的躲著你。

默默形成了你追我跑的窘境，
後來你放棄了，
你再也不追著我，
看著你回到崗位繼續折衣服，

我懸著的心也頓時放鬆下來，
繼續悠閒的逛著。

而眼神也不自覺得在衣服和你之間遊走，
似乎你感受到我的視線，
便抬頭往我這看，
短短的四目相交的瞬間，
我慌忙的將頭別過。

「啊⋯天呀⋯我到底在幹嘛⋯」
內心不斷地咕噥著，
完全沒發現你已悄無聲息的站在我的身旁。

「先生，有什麼需要幫忙的嗎？」
一句親切的問候，

剎時讓我感到寒毛直立，
我有些尷尬的隨手拿起一件衣服。
「請：請問這款的有M號嗎？」
你接過我手上的衣服同時，
「啪！」一聲。
痛楚與驚訝在我倆之間散開。
你趕緊向我道歉，
訴說著自己天生體質乾燥易帶電，
我則搖手示意沒關係。
出乎意料的插曲，
讓我不經意的看見了你制式笑容背後的真實，
驚訝得發現這樣慌忙的你，

挺可愛的。

許是掩飾尷尬，
你帶著衣服走到隱藏門內檢視庫存，
而我則繼續在店內逛著，
一邊回味著剛剛的情景。

待你從門後走出，
並遞上我要的尺寸，
我有些不好意思的接下，
故作鎮定的走到試衣間，
原以為出來後你會離開，
卻沒想你站在原地等待。

我仍繼續故作鎮定，

表示這件衣服差強人意，
走回試衣間將衣服褪去並交還予你。

同樣的電流，
藉由衣服傳到我倆的指尖，
「啪！」的一聲，
很有默契的收回手，
衣服便隨之落地。

正當我蹲下要撿起衣服時，
你的快手已觸碰到衣服，
而我的手不偏不倚的落在你的手背上，
像似觸電般直達內心的酥麻感，
讓我不禁凝視你的雙眼。

這一瞬間就好像過了一世紀，
我在你深邃的眉眼迷了路，
直到你的聲聲呼喚帶領我，
走向現實。

感到有些尷尬的我，
連忙抽回手，
隨意在架上抽了件衣服，
逃也似的走至櫃臺結帳離開。

頭也不敢回的走出大門，
心想著自己怎會如此失禮，
目不轉睛的盯著一個大男人，
還看得入迷。

殊不知這道電流，
在一次的意外相見，
再次放電。

落花繽紛

文：汶莎

趁著春暖花開之季，
與好姐妹們訂了機票，
相約一起去日本賞櫻，
準備行李的過程一直到坐上飛機，
滿心的期待與興奮神情，
難以言喻。

上野恩賜公園、隅田川、千鳥淵，
位在東京的絕佳賞櫻地點，
令我們趨之若鶩。

在異地賞櫻的經驗，
可說是頭一次。
人生地不熟的地方，

穿梭在街道的人群，
與我們說著不同的語言，
想起電視上看的日劇、動畫，
格外有種既陌生又熟悉的感覺。

探險的心蠢蠢欲動，
正當我專注在相機裡的美景時，
意外和姐妹們走散，
孤身一人的恐懼席捲而來，
失去了探險好奇的心，
少了方才的興奮雀躍，
顧不得周遭絕倫的景色，
迷茫的在街道上找尋著那熟悉的身影，
慌張的神情溢於言表。

在我不知如何是好的同時，
你輕拍著我的肩，
為我送上帥氣的微笑，
用日語向我詢問著是否需要幫忙，
對於非本國語言一竅不通的我，
不知從何提來的勇氣，
用著中文夾雜著英文、日文的語言，
比手劃腳的向你訴說著我現在的困境。

而你認真的想要試圖了解我的意思，
也努力用著英文和些許的中文，
與我對話。

最後我倆的心意似乎相通，

你帶領著我走遍剛剛曾走過的地方，
陪著我一起找尋姐妹們的蹤影，
後來在我們吃冰的小攤販順利相遇，
而你也功成身退向我招手微笑離去。

在姐妹們慶幸著我的好運氣，
同時，
內心也默默的留下你的身影。

小時候看過許多言情小說，
裡面浪漫的異國戀在當時的我看來，
劇情真的是扯得可以，
如今卻在現實生活中，
真真切切的上演著。

原以為我們只會是萍水相逢，
沒想到隔天去到了隅田川竟然還能與你再度相遇；
此刻的你身邊也跟著三五好友，
而你的好友正是將飲料不小心打翻在我朋友身上的罪魁禍首。

結果櫻花沒看到，
卻留了你的聯絡方式；
經我同行會日文的朋友翻譯，
乾洗費你們會負責；
在我們婉拒後，
你們堅持請我們吃飯聊以賠罪，
於是又在晚上見了第三次面。

晚餐席間，

中文、英文、日文，
三國語言穿插在對話中，
也讓我們漸漸了解彼此，
私底下你還遞給我一張英文紙條，
希望回到臺灣後還能與你保持聯絡。

看著你充滿魅力的微笑，
與風趣的談吐，
又對異地來的我伸出援手，
實在沒有什麼理由能讓我將你忘記。

在之後的行程，
有了你的陪伴，
讓賞櫻也變得更加浪漫。

即便回到臺灣，
也是迫不及待開啟視訊電話，
用著破破的日文跟你說：
『ただいま～』

看不見的溫柔

文：汶莎

在一片漆黑之中，
司空見慣的景象，
讓我已不再去思考這個世界的樣貌。

與人的互動，
每句話，
每個詞，
如同提前想好這般，
流暢應答。

小時候的陰影，
使我不想主動與人交際，
甚至覺得與人保有關係是件厭煩的事，
於是我常常避開可能的對話。

因此，我獨處的時間很多，
但我從不覺得無聊寂寞，
雖然我的生活是一片漆黑，
而想像則是我存活的動力。

可我卻萬萬沒想到，
你會如此的陰魂不散，
不斷的與我對話，
試圖與我建立關係。

面對你的積極主動，
我下意識的避開，
從禮貌婉拒到惡口相向，
都澆不熄你的熱情。

我不懂一個瞎子對你而言有什麼利用價值，
世界美女千百款為何偏要選擇不完美的我？

在自卑的心理作用下，
你的溫柔、你的呵護、你的噓寒問暖，
對我言而就像把利刃，
一刀一刀的刻畫在我的心裡，
讓我更加明白自己的無能與沒用。

這些你都不知道，
而我也不打算讓你知道。

我一反往常的，
選擇了平常不會走的路，
選擇了平常不會去的店，

選擇了平常不會到的地方。
在危機四伏的陌生環境，
磕磕碰碰，
一路上都感到惶恐不安。
少了你的暗中扶持，
少了你的體貼入微，
少了你的備至關懷。
世界又回到最初的樣子；
沒有擾人心緒的聲音，
沒有強撐笑容的交際，
沒有備受壓力的關懷，
讓我放心了不少。

正當我慢慢習慣，
沉浸於不變的現狀時，
你那熟悉的聲音又在我耳畔響起。

我驚恐的樣子，
彷彿被你盡收眼底，
而你卻像是孩子般調皮的衝著我笑。

我再也受不了，
一股腦將內心對你的感受傾洩而出，
不知說了多久，
只感覺濕潤的臉頰，
被輕輕擦拭。
傳來的是你手上的顫抖，
我意識到我似乎把場面搞僵，

連忙提起手杖，
轉身離開之際，
你卻拉住了我。

一股勁將我擁入懷裡，
你訴說著對我的思念，
你訴說著對我的憐愛，
你訴說著對我的擔憂。

希望能夠照顧我，
希望能夠陪伴我，
希望能夠愛護我。

聽著你的暖心告白，
漸漸將我的自卑瓦解，

重燃我對世界的熱情。

在我猶豫著是否接受的同時，
你將我的手握在手心，
雖然看不見你的眼神，
但手心傳來的溫度卻是如此真誠，
我帶著懷疑和不安的心情，
輕輕點頭。

在你的歡笑中，
我不曉得自己是否做對了選擇，
但我知道，
我將離開那幽暗的世界，
迎向有你的地方。

藏在紙箱中的愛

文：汶莎

下班後的我，
總是會換上運動服，
繞著家附近的公園慢跑，
在傍晚的彩霞下，
大汗淋漓的痛快，
讓人忘卻工作上的不愉快。
而微弱的喵喵聲，
在今天，
改變了我一如既往的生活日程。
循聲前進的我，
在草叢中發現一只紙箱，
上面掩蓋的落葉，

看來是放置了有一段時間。
打開紙箱驚現二、三隻小貓，
我嚇了一跳，
但看著他們虛弱的嚶嚶叫著，
我毫不猶豫，
將他們連同紙箱一把抱起，
急忙送進附近的獸醫院。
與你的初相遇就這樣沒有防備的開始，
在經過簡單的掛號手續，
我被護士引領到一間診療室，
坐在電腦前戴著口罩的你，
雙眼間透露著專業的神情，

在你細心的為貓咪診療的同時，
我的視線總是離不開你的雙眼，
那認真專注的樣子令我著迷不已。

「請問：這些貓咪是你要養的嗎？」
突如其來的問話不禁讓我回神，
看著眼前的這箱貓咪，
又再看向你，
似乎你看出了我的疑惑，
不厭其煩的再說了一次。

「這些貓咪是你要養的嗎？」
這時我想起了家裡的牛頭犬嘟嘟，
發覺我家不適合收養他們，

再加上小資女的經濟壓力，
我只能請你們幫忙找尋認養人。

而你瞭解了我的處境，
也很願意幫忙，
在付清醫療費後，
你提議將貓咪寄養在醫院裡，
並希望能時常來探望，
面對這樣的要求，
我樂見其成。

一方面是看看小貓咪，
一方面是看看你工作的樣子。

醉翁之意不在酒的心思，

連自己都覺得很像痴女。

每次的見面，
我的心就像待在紙箱中的貓咪一樣，
不斷的發射各種暗示訊號，
希望你能打開紙箱，
發現它並愛護它。

隨著貓咪一隻隻的成功送養，
以為我們的關係會愈來愈近，
而我努力的對你放送秋波，
卻感覺你仍是在原地踏步。

我想：我是沒機會了，
在我決定將最後一隻貓咪成功送養後，

離開你的生活，
放下對你的執念，
就在紙箱中，
靜靜地逝去。

在我知道最後一隻貓咪的認養人是你的時候，
我有些驚訝，
沒想到你會想認養牠，
當我再次踏入獸醫院，
做著見最後一次面的心理準備，
簽下了認養協議書後，
你放下工作向我走來。

「你⋯⋯願意和我一起照顧牠嗎？」

突然的問句讓我愣在原地，
我開啟顫抖的雙唇回問你，
你又再次說了一遍。

我才確定我沒聽錯，
我高興的衝上前將你擁住，
擒著淚水在你耳畔說著：
「我願意。」

你回抱著我的雙手，
像是打開了紙箱，
掬起貓咪，
也掬起我的心，
與我一起愛護它。

國家圖書館出版品預行編目資料

愛的火花／君靈鈴、葉櫻、澤北、汶莎　合著
一初版一
臺中市：天空數位圖書　2023.04
面：14.8*21 公分
ISBN：978-626-7161-61-6（平裝）
863.55　　　　　　　　　　　112005758

書　　名：愛的火花
發 行 人：蔡輝振
出 版 者：天空數位圖書有限公司
作　　者：君靈鈴、葉櫻、澤北、汶莎
編　　審：非常漫活有限公司
製作公司：廣緣有限公司
美工設計：設計組
版面編輯：採編組
出版日期：2023 年 04 月（初版）
銀行名稱：合作金庫銀行南台中分行
銀行帳戶：天空數位圖書有限公司
銀行帳號：006－1070717811498
郵政帳戶：天空數位圖書有限公司
劃撥帳號：22670142
定　　價：新台幣 430 元整
電子書發明專利第　I　306564　號
※如有缺頁、破損等請寄回更換

TEL　：(04)22623893
FAX　：(04)22623863
MOB：0900602919
E-mail：familysky@familysky.com.tw
Https　://www.familysky.com.tw/
地　址：台中市南區忠明南路 787 號 30 樓國王大樓
No.787-30, Zhongming S. Rd., South District, Taichung City 402, Taiwan (R.O.C.)